Nina Weger, 1970 geboren, war nach dem Abitur zunächst eine Saison lang als Seiltänzerin beim Circus Belly beschäftigt, bevor sie eine Journalistenschule besuchte und als Redakteurin und Regieassistentin arbeitete. Heute lebt sie mit ihrem Mann und zwei Kindern als freie Autorin in Hannover und schreibt unter anderem Drehbücher für bekannte Fernsehserien. Nebenbei leitet sie mit einer Freundin ehrenamtlich den »Kinderzirkus Giovanni«, der mit dem »Deutschen Kinderpreis« ausgezeichnet wurde.

Nina Weger

Club der Heldinnen

Entführung im Internat

Vignetten von Nina Dulleck

Oetinger Taschenbuch

Außerdem von Nina Weger
bei Oetinger Taschenbuch erschienen:

Ein Krokodil taucht ab und ich hinterher

MIX
Papier aus verantwortungsvollen Quellen
FSC® C014496
FSC
www.fsc.org

Sonderausgabe 2019

Titelbild und Vignetten: Nina Dulleck
Covergestaltung unter Verwendung der Grafik-Tools von
Brusheezy.com und Obsidian Dawn
Druck: GGP Media GmbH, Karl-Marx-Straße 24,
07381 Pößneck, Deutschland
ISBN 978-3-8415-0566-8

www.oetinger-taschenbuch.de

Schwur der Matilda

Mädchen auf dem Erdenrund,
schwört auf den geheimen Bund!
Grenzen sprengen, Neues wagen,
was nicht stimmt, auch mutig sagen!
Mit dem Herzen in der Hand,
mit Verstand durch jede Wand,
Freundschaft, die zusammenhält,
so verändern wir die Welt!

Kapitel Eins

»Wir sind verloren!« Flo tastete verzweifelt die raue Felswand ab. »Die haben uns echt eingesperrt! Diese Schule ist wirklich das alleraller…!«

»Wer den Skorpion reizt, darf über einen Stich nicht klagen«, seufzte Pina und warf ihre langen, schwarzen Zöpfe zurück.

»Verschone mich jetzt bloß mit deinen indianischen Weisheiten«, stöhnte Flo. »Meine Ehre steht auf dem Spiel!«

»Ehre?!« Pina rollte mit den Augen. »Es geht um eine blöde Wette gegen ein paar blöde Jungs.«

»Die ich gewinnen muss! Und darum muss ich hier raus!«

»Du bist schon knallrot im Gesicht.«

»Ich hänge ja auch kopfüber aus einem Fenster«, knurrte Flo. »Schon vergessen?«

»Nein. Denn ich halte dich ja an den Füßen«, Pina beugte sich über den breiten Fenstersims und grinste zu ihrer Freundin hinunter, die mit dem Kopf nach unten hin und her baumelte. »Kann ich dich jetzt wieder hochziehen?«

»Erst wenn ich eine Stelle gefunden habe, wo wir einen Haken einschlagen können, um uns abzuseilen.«

»Okay«, sagte Pina und lehnte sich wieder zurück, als sei

es das Normalste der Welt, seine beste Freundin verkehrt herum aus einem Fenster über einem Abgrund hängen zu lassen. Aber Flo und Pina waren nun mal keine normalen Freundinnen. Und sie besuchten auch keine normale Schule. Flo und Pina waren Schülerinnen des Matilda-Imperatrix, dem Internat für besondere Mädchen. Nur wer ein außergewöhnliches Talent besaß, mit dem er eines Tages die Welt verbessern konnte, wurde für diese geheime Schule ausgewählt.

Pina, zu deren Vorfahren der berühmte Indianer Sequoyah vom Stamm der Cherokee zählte, war eine begabte Naturforscherin. Sie erkannte jede Spur und besaß den messerscharfen Blick eines Adlers. Flo, Spross einer alten Ritterfamilie, war eine phantastische Planerin: Ob Verkehrsumleitungen oder Rettungspläne – sie hatte sofort eine Idee, wie man am klügsten vorging. Dank ihres Talents waren nach einem Erdbeben schon zehn verschüttete Kinder geborgen worden.

Doch nicht nur die Schülerinnen, auch die Schule selbst war in jeder Hinsicht besonders. Und darum auch besonders streng: Nur einmal pro Woche durften die Mädchen unter Aufsicht das Gelände verlassen, und näherer Kontakt zur Bevölkerung war absolut untersagt.

»Ich halte mich doch nicht an so blödsinnige Regeln, nur weil die tausend Jahre alt sind!«, fluchte Flo, während sie weiter die alte Mauer aus Felssteinen absuchte. »Wir gehen ja auch nicht mehr auf Plumpsklos! Oder benutzen Schnürsenkel aus Schafsdarm!«

»Würdest du lieber auf eine andere Schule gehen?«, rief Pina nach unten.

»Niemals!«, rief Flo. »Aber nur weil dies hier die beste Schule der Welt ist, muss ich trotzdem nicht alles toll finden!«
Ihre letzten Worte verloren sich in einem tiefen Gongschlag, der aus dem Flur hallte. Es war der Ruf zur großen Begrüßungszeremonie des neuen Schuljahrs.
»Schluss jetzt!« Pina zog ihre Freundin mit einem kräftigen Ruck zurück ins Zimmer. Unsanft landete Flo auf den knatschenden Dielen der alten, holzgetäfelten Kammer.
»Wir hatten uns geschworen, in diesem Jahr ausnahmsweise mal einen guten Eindruck zu machen. Und dazu gehört auch Pünktlichkeit.« Pina sah ihre Freundin streng an, aber dann musste sie losprusten, denn Flos straßenköterblonde Haare standen noch wilder ab als sonst, und ihr Sweatshirt mit der großen Bauchtasche klebte in einem dicken Wulst unterm Kinn. »Du siehst aus wie eine Klobürste mit Halskrause.«
»Hahaha – ich dachte, Indianerherz kennt keinen Scherz!«, entgegnete Flo und zog unwirsch ihren Pulli herunter. Dann schnappte sie ihren Koffer, warf ihn auf das dritte, freie Himmelbett. Sie schob die Vorhänge beiseite, die so dunkelrot wie überreife Kirschen schimmerten, und wühlte unter den Anziehsachen einen Samtumhang in derselben Farbe hervor. »Das ist eine monstergroße Ungerechtigkeit!«, schimpfte sie. »Ausgerechnet uns in diese Butze über dem Abgrund zu stecken!«
Allerdings war es keine monstergroße Überraschung, dass ausgerechnet Flo und Pina in dem ausbruchsichersten Zimmer der Schule gelandet waren. Schließlich hatte Flo im vergangenen Jahr die berühmte *rote Liste* von Direktorin Petronova angeführt. Und noch nie in der tausendjährigen

Geschichte des Internats war eine Schülerin häufiger ausgebüxt als sie – natürlich dicht gefolgt von Pina.

»Wir werden schon einen Weg nach draußen finden«, besänftigte Pina sie und legte sich ihren Samtumhang um die Schultern. »Zur Not schmieren wir uns mit Seife ein und quetschen uns durch den Kaminschacht. Oder wir segeln mit so einem Fluganzug aus dem Klofenster. Aber jetzt komm!«

»Ich mach ja schon!« Flo stülpte sich die Samtkapuze über den Kopf und stieß die Tür zum Flur auf. Mit wehendem Umhang marschierte Pina hinaus – und blieb abrupt stehen. Direkt gegenüber, auf der anderen Seite des Flurs, war nämlich ebenfalls eine Tür aufgeflogen. Zwei aufgetakelte Mädchen mit superschicken Sonnenbrillen im Haar stakschten auf den Flur. Angeberisch schwenkten sie ihre protzigen Handtaschen, und unter ihren Samtumhängen funkelten die Glitzerschriften ihrer Marken-T-Shirts um die Wette.

»Cilly und Lilly!«, stöhnte Flo.

»Wir hätten uns auch etwas Besseres vorstellen können, als direkt neben den unwürdigsten Schülerinnen dieses Internats zu wohnen«, entgegnete Cilly spitz und eilte mit erhobener Nase den Gang hinunter.

»Ihr seid ein Schandfleck für unsere Schule!«, quietschte Lilly und trippelte Cilly hinterher. »Aber euch wird der Spaß am Regelbrechen schon noch vergehen! Dafür werden wir sorgen!«

»Na, super!« Flo raufte sich die Haare. »Die größten Schleimschnecken der Schule im Zimmer gegenüber! Jetzt kommen wir nicht mal mehr heimlich bis zum Kaminschacht. Die lauern doch nur darauf, uns bei Petronova anzuschwärzen.«

»Pah!« Pina sah den beiden Blondinen aus schmalen Augen nach. »Nur der schlechte Jäger weicht dem Bären aus. Der gute sucht seine Spur.« Sie knuffte Flo in die Seite. »Langsam wird deine Wette echt zu 'ner spannenden Sache.«
Flo hob mit ernster Miene einen Finger. »Stell dir dieses Pferd-gegen-Fahrrad-Rennen nicht zu einfach vor!«
Pina winkte ab. »Du hast gewettet, dass du mit Eisenherz schneller bist als ein paar Blödmänner auf ihren Mountainbikes. Wo ist das Problem?«
»Die Gegner dürfen die Strecke auswählen. Und dieser Luca ist ziemlich gut.«
»Aber dein Eisenherz ist das trittsicherste und schnellste Pferd, das ich kenne!«
In dem Moment schlug der Gong zum zweiten Mal. Jetzt mussten sie sich wirklich beeilen. Flo und Pina pesten zu dem alten, steinernen Treppenhaus und sausten die Stufen hinunter. Von unten drangen lautes Schwatzen und Gelächter herauf. Mit jedem Stockwerk wurde das Gebrabbel lauter, und als sie um die letzte Kurve bogen, sahen sie auf ein Meer von roten Samtkapuzen. Hunderte Mädchen strömten durch den Kreuzgang, vorbei an den besonderen Steinsäulen, Richtung Kapitelsaal. Eilig reihten sich Flo und Pina in den Fluss mit ein und ließen sich bis zum Eingang des Versammlungsraums spülen. Kaum war Flo durch die schmale Seitentür geschlüpft, blieb sie stehen und hielt die Luft an. Sie liebte diesen Saal mit seiner nachtblauen, von Sternen übersäten Decke und dem ausgetretenen Steinboden, in den die Namen ihrer berühmten Vorgängerinnen gemeißelt waren.

Andächtig schaute Flo in den Himmel, als sie plötzlich einen Blick im Nacken spürte und herumfuhr. Auf der Bühne am anderen Ende des Saals stand Direktorin Petronova. Wie immer trug sie ein schwarzes, schlichtes Kleid und hatte die dunklen Haare streng zurückgebunden. Für eine Millisekunde hob sie eine Augenbraue und warf Flo einen mahnenden Blick zu.

Unfassbar, dachte Flo, während sie Pina nacheilte. Wie schaffte Petronova es nur, in dem ganzen Gewusel aus roten Samtumhängen *sie* sofort ausfindig zu machen?! Niemand wusste genau, woher die Direktorin eigentlich kam. In ihrem Lebenslauf stand, sie hätte ein Impfmittel gegen Spinnengift erfunden. Glaubte man aber den Gerüchten, die hinter vorgehaltener Hand erzählt wurden, war Petronova in Wirklichkeit eine enttarnte Spionin, die vor einigen Jahren schleunigst von der Bildfläche verschwinden musste. Und wo, wenn nicht an diesem geheimen Ort, hätte sie besser untertauchen können?

»Fünftklässler hierher, Fünftklässler hierher!«, rief eine Schülerin des Abschlussjahrgangs und winkte Flo zu einer der hölzernen Bankreihen, die sich über die Längsseiten der Saalwände zogen. Flo rutschte hinter Pina über den blanken Sitz zu einer zarten Chinesin auf. Min-Hai stammte aus einer berühmten Kalligrafen-Dynastie. Sie selbst war eine talentierte Tuschkünstlerin und beherrschte sieben asiatische Geheimschriften. Gleich darauf rückte Olga Nikolajef nach. Sie wollte eines Tages zum Mars fliegen. Ein russischer Kosmonaut der Raumstation ISS hatte sie für das Matilda empfohlen. Ihr folgte Minerva von Niederhosenbach, Expertin für Giftpflanzen. Wer sich mit ihr anlegte, hatte ganz schnell mal eine blaue Zunge oder rote Pusteln im Gesicht. Beweisen konnte man das natürlich nie, dafür war Minerva viel zu raffiniert.

Nun schlug der Gong zum dritten Mal, und das Geplapper verstummte. Die letzten Schülerinnen huschten zu ihren Plätzen, das Schulorchester spielte auf, und am Ende des Saals öffneten sich die Flügel des großen Eichentors. In zwei Reihen zogen die neuen Schülerinnen ein. Vorneweg die kleinen Erstklässlerinnen, manche vor Aufregung ganz grün im Gesicht. Dann folgten die Quereinsteigerinnen von der zweiten bis zur zwölften Klasse. Flo konnte sich noch gut an ihren ersten Schultag erinnern. Vor Aufregung hatte sie sich beinahe übergeben. Und selbst als ihre kleine Schwester Charly vor drei Jahren eingeschult worden war, hatte ihr ein dicker Kloß im Hals geklebt – obwohl Charly die größte frei laufende Nervensäge der Welt war!

Die neuen Mädchen nahmen vorn auf der Bühne Platz, und Direktorin Petronova trat ans Pult.

»Liebe Schülerinnen, ich begrüße euch zum 1012. Schuljahr des Matilda-Imperatrix. Große Aufgaben erwarten euch! Eines Tages wird die Zukunft dieser Welt auf euren Schultern liegen. Ihr müsst diese Erde zu einer besseren machen und für Frieden, Freiheit und Gerechtigkeit sorgen. Als Ansporn für das kommende Jahr hier nun einige unserer berühmten Absolventinnen, die unseren Planeten maßgeblich ...«

»Bla-bla-bla«, stöhnte Flo. »Jedes Jahr das Gleiche.«

Pina versetzte ihr einen Rippenstoß. »Wir wollten uns zusammenreißen!«

»Aber diese Wichtigtuerei ist wirklich supernervig«, wisperte Flo, während Petronova nun eine endlose Liste von Forscherinnen, Entdeckerinnen und Königinnen herunterratterte. »Ich meine, heute kann jedes Mädchen Chefin von Google oder Bundeskanzlerin werden – ohne so ein Theater!«

Pina schüttelte heftig den Kopf. »Es gibt immer noch genügend Mädchen auf dieser Welt, die nicht mal Lesen und Schreiben lernen dürfen!« Dann deutete sie unauffällig mit dem Kinn zur Bühne. »Guck dir lieber die Neuen an. Meinst du, wir kriegen eine von denen aufs Zimmer?«

»Bei unserem schlechten Einfluss?!« Flo grinste. »Quatsch!« Doch bei dem Gedanken an das dritte, freie Himmelbett in ihrer neuen Schlafstube wurde ihr nun doch etwas mulmig. Denn eins war klar: Steckte ihnen Petronova auch noch eine Fremde ins Zimmer, war es mit dem heimlichen Ausbüxen endgültig vorbei. Dann konnte sie ihre Pferd-gegen-Fahrrad-Wette vergessen und war blamiert bis auf die Knochen! Beunruhigt ließ Flo ihren Blick über die Mädchen auf der Bühne streifen. Kurz blieb sie an einem hawaiianischen Zwillingspaar mit Nasenringen hängen. Sie wirkten verschwiegen – allerdings besuchten sie höchstens die zweite Klasse. Interessant schien auch die Riesin in Wikingertracht. Sie überragte alle um zwei Köpfe, saß aber im Pulk der Drittklässler. Bei den Fünften entdeckte Flo eine gazellengleiche, dunkelhäutige Schönheit. Das war bestimmt die berühmte Marathonläuferin, von der alle sprachen. Flo stupste Pina in die Seite. »Die haut vielleicht auch ganz gern mal ab?«

Pina wiegte zweifelnd den Kopf.
»Auf jeden Fall eher als die!« Flo zeigte zu einer verkniffenen Blondine. »Der spritzt der Ehrgeiz ja schon aus den Augen!«
»Wir können sie ja mit Cilly und Lilly bekannt machen«, flüsterte Pina.
Nun mischte sich Min-Hai ein: »*Die* da ist sicher total harmlos.«
Flo folgte ihrem Blick zu einem Mädchen am Ende der Reihe, das sie bisher völlig übersehen hatte. Sie trug einen mausgrauen Hosenanzug und hatte das rote Haar zu einem braven Bauernzopf um den Kopf geflochten.
»Uuuh, Vorsicht!«, flüsterte Flo. »So eine verpetzt dich schon für schlechte Gedanken.«
Pina nickte. »Und wahrscheinlich lernt sie die Schulordnung rückwärts auswendig.«
»Pscht!«, machte jemand hinter ihnen, und Pina senkte beschämt den Blick. »Man sollte nicht über einen Menschen urteilen, wenn man nicht zwei Wochen in seinen Mokassins gelaufen ist.«
»Die trägt ganz sicher keine Mokassins!«, raunte Flo.
Da erklang erneut die Fanfare. Jetzt kam der große Moment des Matilda-Schwurs. Direktorin Petronova schlug ein altes, ledergebundenes Buch auf und rief die Neuen nacheinander nach vorn. Mit der Hand auf dem Herzen musste sich nun jedes Mädchen vor ihr aufstellen, den uralten Eid ablegen und schwören, die Schule niemals zu verraten. Nach dem Schwur lag eine kurze, feierliche Stille über dem Saal, dann riefen alle Schülerinnen laut die Begrüßungsformel *»Te*

salvere iubemus, discipula mathildae imperatricis!«[1], und Petronova legte der Neuen einen roten Samtumhang um die Schultern. Damit war sie endgültig im Kreis der *Matilden* aufgenommen.

Die ersten Schwüre verfolgte Flo noch aufmerksam, dann schweiften ihre Gedanken wieder zu der Fahrrad-gegen-Pferd-Wette ab. Es gab nämlich noch ein Problem: Selbst wenn sie mit Pina heimlich an Cilly und Lilly vorbeikam und sich aus dem Osttrakt abseilen konnte, musste sie ja vorn irgendwie wieder aufs Internatsgelände. Wie sollten sie sonst Eisenherz und Pinas Stute Agas aus dem Stall holen? Durch den bewachten Haupteingang konnten sie ja schlecht, und blöderweise war das gesamte Schulgelände von einer riesigen Mauer umgeben. Ihr fiel keine Stelle ein, wo man ohne Hilfsmittel hinüberkam! Flo grübelte so angestrengt, dass sie gar nicht mitbekam, wie Petronova die Neuen nun auf die Schlafstuben verteilte. Sie hörte auch nicht, dass Min-Hai die schöne Marathonläuferin zugeteilt wurde und Charly das große Wikingermädchen ins Zimmer bekam. Erst als Pina ihr fest ins Bein kniff, schreckte sie auf und sah nach vorn zur Bühne. Dort saß jetzt nur noch das brave Mädchen mit dem Bauernzopf.

Flo wurde blass. »Nein, bitte nicht!«, stöhnte sie, aber da traf sie auch schon der messerscharfe Blick der Direktorin. »Unsere neue Schülerin Blanca«, verkündete Petronova laut, »wird in den Osttrakt ziehen, zu Florence und Pina.«

1 Gegrüßt seiest du, Schülerin des Matilda-Imperatrix!

Kapitel Zwei

»Hey, vielleicht ist sie ja ganz lustig?«, versuchte Pina, Flo aufzumuntern, als sie sich nach vorn zur Bühne drängelten. »Vielleicht ist sie verschwiegen wie ... die Schrumpfkopfsammlung eines Shuar-Häuptlings? Oder büxt selbst gern mal aus?«

Flo warf ihrer Freundin einen zweifelnden Blick zu. »Glaubst du das wirklich?«

Pina zuckte mit den Schultern. »Auf jeden Fall müssen wir ihr eine faire Chance geben.«

»Du hast ja recht«, seufzte Flo. »Schließlich kann sie auch nichts dafür, dass sie in unser Zimmer gesteckt wurde, um uns auszuspionieren.«

Pina hielt sie am Arm und blieb stehen. »Das wissen wir doch gar nicht! Vielleicht ist es nur Zufall, dass ...«

»Bei Petronova gibt es keine Zufälle«, unterbrach Flo sie finster.

»Blutsschwester!« Pina hielt Flo die Hand hin. »Wir werden diese Blanca als Komplizin gewinnen! Und wir werden einen Ausschlupf finden! Wenn nicht wir, wer dann?«

Flo holte tief Luft und klatschte ihre Freundin schwungvoll

ab. Im selben Moment traf sie wieder der strenge Blick der Direktorin. Ungeduldig winkte Petronova sie heran.
»Pina! Florence! Ich möchte euch eure neue Mitbewohnerin vorstellen.« Sie zeigte auf Blanca, die stumm neben ihr stand. »Holt bitte zuerst Blancas Gepäck vom Torhaus und zeigt ihr dann die Bibliothek. Ihr habt den ganzen Nachmittag dafür Zeit.«
»Den ganzen Nachmittag?!«, platzte Flo heraus.
Pina stieß sie in die Seite. »Klar, machen wir. Gern.«
Die Direktorin sah Flo noch einmal durchdringend an, dann wandte sie sich der nächsten Mädchengruppe zu.
Unschlüssig standen Flo, Pina und Blanca voreinander.
»Hallo«, sagte Pina und streckte Blanca die Hand entgegen. »Cool, dass du zu uns ins Zimmer kommst.«
Ohne Pina richtig anzusehen, schüttelte Blanca ihre Hand.
»Hattest du eine weite Anreise?«
»Ja.«
»Wo kommst du denn her?«, fragte Flo und gab ihr nun ebenfalls die Hand.
»Zuletzt haben wir in Paraguay gelebt«, antwortete Blanca.
»Wow! Ich komme aus Nordamerika«, rief Pina. »Ich bin durch Empfehlung unserer Stammesältesten aufs Matilda gekommen.«
»Ich komme aus England«, erklärte Flo. »Meine kleine Schwester Charly ist auch hier auf der Schule.«
»Aha«, sagte Blanca, und dann war es still zwischen ihnen. Und zwar auf so eine komische, unangenehme Art. Flo und Pina wechselten einen Blick. Dann startete Pina einen neuen Versuch: »Wie bist du denn hier an die Schule gekommen?«

»Auf Empfehlung«, gab Blanca knapp zurück und presste wieder die Lippen aufeinander.
»Tja, dann«, sagte Flo, bevor es wieder so quälend ruhig wurde, »holen wir am besten mal dein Gepäck, oder?«
Blanca nickte.
»Dafür müssen wir raus auf den Kreuzgang. Das Torhaus ist auf der gegenüberliegenden ...« Doch bevor Flo ihren Satz beendet hatte, war Blanca schon losmarschiert. Verblüfft sah Flo ihr nach. »Was ist denn mit der los?!«
Pina wedelte beschwichtigend mit den Händen. »Der Samen reift auch nicht an einem Tag zum Baum. Vielleicht braucht sie einfach ein bisschen Zeit, um hier anzukommen?«
»Okay«, sagte Flo, denn in Pinas Cherokee-Weisheiten steckte immer eine ordentliche Portion Wahrheit. Außerdem hatten sie ja keine Wahl: Sie mussten Blanca als Komplizin gewinnen. Denn nur wenn sie bereit war, die Klappe zu halten, hatte Flo eine Chance, heimlich auszubüxen und ihre Wette zu gewinnen!

Als sie im Torhaus ankamen, herrschte dort ein riesiges Durcheinander. Koffer, Taschen und Seesäcke lagen kreuz und quer in der kleinen Eingangshalle verteilt. Die Kuriere und Lieferanten hatten das Gepäck einfach über die Türschwelle geworfen, denn weiter durften sie nicht. Nur Schülerinnen und Personal war es erlaubt, den Innenring des Internats zu betreten, und das Torhaus war der einzige Ein- und Ausgang – mal abgesehen von der Katzenluke der Hausmeisterwohnung.
Mitten in dem Chaos stand eine kleine, dicke Frau und ver-

suchte Ordnung zu schaffen. Es war die Hausmutter Madame Maseleige. Doch jedes Mal, wenn sie die Gepäckberge ein wenig sortiert hatte, kam eine aufgeregte Erstklässlerin und durchwühlte die Haufen, weil ein Rucksack oder Kuscheltier fehlte.

»Blanca?«, keuchte Madame, während sie ein paar bunte, gewebte Taschen übereinanderstapelte. »Ich glaube, deine Sachen stehen dahinten in der Ecke.«

Im selben Moment heulte ein kleines Mädchen auf: »Jemand hat meinen Seesack aufgeschlitzt! Jetzt ist alles rausgefallen!«

»Ach, Schätzchen, nicht weinen«, tröstete Madame. »Ich helfe dir beim Einsammeln. Das kann nur ein ganz dummer Unfall gewesen sein.«

Aus den Augenwinkeln sah Flo, wie Blanca plötzlich sehr nervös wurde.

»Was ist das denn?«, sagte Pina da und bückte sich. »Ist die vielleicht aus deinem Seesack gefallen?« Sie hielt dem heulenden Mädchen eine glänzende Goldmünze hin.

»Nee, die gehört mir nicht«, schniefte die Kleine.

»Hat die irgendjemand verloren?«, fragte Pina laut und hielt das goldene Geldstück in die Luft, damit alle im Raum es sehen konnten. Plötzlich wurden Blancas Augen groß, sie schubste Flo beiseite und stürzte auf ihren Koffer zu. Flo purzelte rückwärts in einen Haufen Rucksäcke, aber Blanca beachtete sie gar nicht. Hektisch kontrollierte sie die Schlösser ihres Koffers und rüttelte an den Verschlägen.

»Hat die noch alle Fahnen an der Burgzinne?!«, zischelte Flo, während sie sich wieder aufrappelte.

»Keine Ahnung«, sagte Pina leise und betrachtete die Münze. »Die ist eigentlich kein Grund, so auszuflippen, oder?«

Flo schaute ihr über die Schulter. Die Prägung der Münze zeigte ein großes Schiff mit drei Segeln, und am Rand stand *Puerto Belo*.

»Wenn sie niemandem gehört, lege ich sie zu den Fundsachen«, flötete da Madame und kraxelte über die Kofferberge heran.

»Merk dir die Inschrift und das Bild«, wisperte Flo, bevor Pina der Hausmutter die Münze reichte.

In der Zwischenzeit hatte Blanca ihren großen Überseekoffer aus der Ecke gerumpelt.

»Alles in Ordnung?«, fragte Pina. »Du warst plötzlich so panisch?«

Blanca schaute auf. »Ich? Nein, ich ... Ich war nur besorgt ... ob hier geklaut wird?«

»Ach so«, sagte Flo und sah ihr prüfend in die Augen. »Wir dachten schon, die Goldmünze hätte dir so einen Schreck eingejagt.«

»Was? Nein!«, sagte Blanca hastig und wandte den Blick ab. »Die Münze hab ich gar nicht gesehen ...« Sie schnappte ihren Koffer und wuchtete ihn hinaus in den Kreuzgang. »Zeigt ihr mir jetzt die Bibliothek?«

Flo hielt Pina am Arm zurück. »Die lügt doch!«

»Vielleicht hatte sie wirklich Angst, dass hier geklaut wird?«

»Du glaubst ihr?«

»Nicht wirklich«, gab Pina zu. »Aber wir hatten uns vorgenommen ...«

»... sie zu unserer Komplizin zu machen«, vollendete Flo den

Satz. »Ich weiß. Und ich möchte auch, dass wir uns gut mit ihr verstehen. Aber irgendwie ist sie merkwürdig.«
Pina schob Flo aus dem Torhaus. »Du kannst den Frühling so wenig wie den Sommer herbeizwingen. Du kannst nur geduldig warten.«
»Schon klar«, brummelte Flo. »Helfen wir ihr beim Tragen!«

»Boah«, ächzte Pina, als sie den Koffer um die erste Biegung des Kreuzgangs geschleppt hatten. »Der ist ja so schwer wie ein ausgewachsener Büffel!«
»Hast du da Felssteine drin?«, stöhnte Flo.
Blanca tat, als hätte sie nichts gehört.
»Lass mich raten«, presste Pina hervor. »Du bist Gesteinsforscherin. Das ist dein besonderes Talent. Darum bist du hier an der Schule!«
»Ich tippe eher auf Gewichtheben«, versuchte Flo einen Scherz.
Doch Blanca drehte sich mit todernster Miene um und verkündete: »Ich lese äußerst gern. Außerdem backe ich leidenschaftlich Cupcakes.«
Vor Schreck ließ Flo los, und der Koffer krachte mit einem lauten Rums auf den Steinboden. »Du backst?!«, platzte sie heraus. »Freiwillig?«
»Ja«, erwiderte Blanca ruhig und bückte sich. »Ich würde gern einen Kurs anbieten, für die jüngeren Jahrgänge.« Damit wuchtete sie den Koffer wieder hoch.
Pina warf Flo einen vorwurfsvollen Blick zu und hob ebenfalls wieder an.
»Tut mir leid«, formte Flo lautlos mit den Lippen. »Aber

hast du schon mal gehört, dass jemand hier aufgenommen wurde, weil er so toll backen kann?«

Pina schüttelte den Kopf und formte ebenfalls lautlos: »Aber wenn du so weitermachst, wird sie bestimmt nicht unsere Komplizin.«

Flo verdrehte die Augen, doch wenn sie ehrlich war, ärgerte sie sich am meisten über sich selbst. Jetzt hatte sie Blanca voll vor den Kopf gestoßen! Wieso konnte sie nicht einmal ihre Meinung für sich behalten?! Und weil sie nicht gleich wieder in ein Fettnäpfchen treten wollte, hielt sie bis zur Bibliothek erst einmal den Mund.

Sie stellten den Koffer in die Ecke hinter dem Eingang und traten in den gigantisch hohen, quadratischen Raum. Beim Anblick der unzähligen Regalreihen klappte Blanca der Kiefer runter. Wie hypnotisiert drehte sie sich im Kreis und starrte zu den Wänden hinauf, die bis zur Milchglasdecke mit Büchern gefüllt waren. Dann zählte sie die Galerien, die sich alle zwei Meter um den Saal zogen, und stieß ein tiefes »Da kotzt doch der Klabautermann!« aus.

Flo sah Pina fassungslos an. »Hat sie da gerade eben ...?«

»Ich habe es auch gehört«, wisperte Pina.

»Sie sieht aus wie meine Tante Klara, die Buchhalterin, aber flucht wie ein Matrose nach einem Fass Rum«, zischelte Flo. »Mit der stimmt doch was nicht!« Doch dann fiel ihr ein, dass sie ja ihren blöden Patzer wiedergutmachen wollte. Außerdem liebte sie selbst Sachbücher und Nachschlagewerke – und vielleicht ließ sich hier ja irgendeine Gemeinsamkeit finden? Bemüht freundlich wandte sie sich an Blanca: »Was liest du denn gern?«

»Alles«, antwortete Blanca und marschierte zu der schmalen Treppe. »Ich fange mal oben an.«
Nun wurde Flo blass. Die Bibliothek verfügte über 1,2 Kilometer Bücherregale. Über die Computer an den Lesetischen konnte man online weitere vier Millionen Exemplare leihen. Selbst wenn Blanca sich nur einen groben Überblick verschaffen wollte, kämen sie hier nicht vor Weihnachten raus.
»Halt!«, kreischte es da vom anderen Ende der Bibliothek, und ein kleiner, hakennasiger Mann stürmte zwischen den Lesetischen auf sie zu.
»Puh«, machte Flo, und es war das erste Mal in ihrem Leben, dass sie beim Anblick von Signor Alberto erleichtert aufatmete. Der stets übel gelaunte Bibliothekar konnte Schülerinnen nämlich grundsätzlich nicht leiden. Hinter jeder witterte er eine Seitenausreißerin oder popelklebende Rotznase. Flo und Pina hatte er ganz besonders auf dem Kieker, seit sie in der ersten Klasse einmal hinter den Ausgabetresen geklettert waren. Flo hatte eine mit Regalen getarnte Tür entdeckt, und allein der Gedanke, dass sich dahinter irgendetwas Verbotenes verstecken könnte, hatte sie magisch angezogen. Alberto war ausgerastet und hatte sie am Kragen zurückgezerrt, bevor sie den unordentlichen Hinterraum betreten konnten. Seitdem ließ er sie nicht aus den Augen, sobald sie einen Fuß in die Bibliothek setzten.
Und auch jetzt jagte er wieder wutentbrannt heran, doch gerade als er seine knochigen Finger nach Blanca ausstrecken wollte, rief eine piepsige Stimme: »Das ist in Ordnung, Liebling!« Wie aus dem Nichts war Albertos Chefin und Ehefrau Signora Libro aufgetaucht. »Direktorin Petronova hat

die Mädchen angekündigt. Sie dürfen sich alles anschauen, auch die Galerien.«

Alberto machte ein Geräusch, das Flo an eine ausgehungerte Hyäne erinnerte, dann stapfte er hinter Blanca die Treppe hinauf und schnauzte: »Los, mitkommen!«

Pina und Flo folgten stumm.

Ganz oben, auf der fünften Galerie, bog Blanca zielstrebig nach rechts in die Abteilung »Mythen und Sagen«. Doch zu Flos Überraschung schien sie gar nicht an den spannenden Heldengeschichten interessiert. Im Eiltempo marschierte sie an den Regalen vorbei, fuhr nur mal mit einem Finger über den Staubschutz aus grünem Filz oder tippte ein paar Borde an. Genauso tat sie es in der Naturkunde-Abteilung und in der gesamten vierten Etage. Erst in der dritten verharrte sie kurz vor dem einen oder anderen Buch und fischte ein paar Bände über *historische Motoren* aus den Bücherreihen. Dabei verzog Alberto jedes Mal so schmerzhaft das Gesicht, als wenn sie ihm einen seiner gelben Zähne aus dem Kiefer gerissen hätte. Nachdem Blanca die gesamte Galerie umrundet hatte, reichte sie Alberto die Hand und sagte: »Für heute habe ich genug gesehen. Herzlichen Dank.« Damit stieg sie die Treppe wieder nach unten.

»Ich glaube, ich habe einen Knoten im Degen«, flüsterte Flo. »Erst kriegt sie den Mund nicht auf, aber dann kotzen gleich mal die Klabautermänner! Beim Anblick einer Goldmünze fällt sie fast in Ohnmacht, aber angeblich hat sie die gar nicht gesehen! Sie kann es kaum erwarten, in die Bibliothek zu kommen, aber dann spaziert sie hier durch, ohne die Bücher anzugucken. Verstehst du das?«

Pina schüttelte den Kopf.
»Wenn das so weitergeht, sehe ich für meine Wette schwarz«, stöhnte Flo. »Und überhaupt für unser ganzes nächstes Schuljahr.«

Als die drei kurz darauf mit dem schweren Koffer in ihrem Zimmer ankamen, entdeckten sie auf jedem Kopfkissen einen feinen, cremefarbenen Umschlag mit Schulsiegel. Gespannt rissen sie die Kuverts auf, zogen den neuen Stundenplan hervor – und die Ankündigung der großen Geländespiele!
»Jieppie!«, juchzte Flo. »Und das schon in zwei Tagen! Das ist das Coolste überhaupt!« Sie sprang auf ihr Bett und begann so wild draufloszuhüpfen, dass der Lattenrost quietschte. Pina legte glücklich eine Hand aufs Herz und sandte einen Dankesgruß zur Sonne. Beide liebten diese Wettkämpfe, bei denen sie sich ohne Kompass und Karte durch die Berge schlagen und spannende Aufgaben lösen mussten! In den letzten Jahren war es Flo und Pina immer gelungen, den ersten Platz des Jahrgangs zu ergattern – haarscharf vor Cilly und Lilly. Und sicher wären sie auch in der Gesamtwertung der Schule ganz vorn gelandet, wenn sie nicht immer Flos kleine Schwester Charly hätten mitschleppen müssen!
Blanca überflog stumm den Brief und begann dann, ohne eine Miene zu verziehen, ihren Koffer auszupacken. Dabei klappte sie den Deckel nur einen kleinen Spalt auf, sodass man nicht hineinsehen konnte. Doch das interessierte Flo gerade nicht die Bohne. Sie war so außer sich vor Freude,

dass sie Saltos auf dem Bett schlug und mit den Füßen den Stoffhimmel streifte. »Unsere Schule ist die beste!«
Da klopfte es plötzlich kräftig an die Tür.
»Uuups!« Schnell hopste Flo von der Matratze und stopfte ihr Shirt in die Hose. »Ja, bitte?«
Mit einem lauten »Huhu, Uhu!« flog die Tür auf, und Flos kleine Schwester Charly platzte ins Zimmer. Hinter ihr stapfte das riesige Wikingermädchen herein.
»Nein!«, sagte Flo. »Meine Antwort lautet: Nein! In diesem Jahr wirst du nicht in meinem Team bei den Geländespielen sein – egal, wie lange du quengelst und bei Mama Terror machst.«
»Das wollte ich dich gar nicht fragen!«, schnappte Charly ein. »Ich wollte nur mal sehen, wie euer neues Zimmer so ist ... am Ende des Gangs, über der Schlucht.«
»Super. Siehst du doch!«, antwortete Flo genervt.
»Das ist übrigens Mette«, stellte Charly ihre neue Zimmergenossin vor. »Sie ist eine Kanone in Informatik und hat schon internationale Programmierwettbewerbe gewonnen.« Dann zeigte sie auf Flo. »Meine groooooße, eingebildete Schwester Florence, und das ist ihre beste Freundin Pina. Und ... noch eine Neue.«
»Ich bin Blanca. Schön, euch kennenzulernen«, sagte Blanca, und dabei huschte tatsächlich mal ein Lächeln über ihr Gesicht. »Ich möchte einen Kurs im Cupcake-Backen anbieten. Habt ihr vielleicht Lust, mitzumachen?«
»Spitze-Lakritze!«, rief Charly. »Das wär echt cool, oder Mette?«
»Ich bin dabei«, dröhnte das riesige Wikingermädchen.

Dann drehte sich Charly zu Flo und quakte: »Tja, wer hätte das gedacht. Es gibt auch nette Fünftklässlerinnen! Tschau-Kakao!«

»Süß«, sagte Blanca, nachdem die Tür hinter den beiden ins Schloss gefallen war.

»Geht so«, brummelte Flo, die immer noch nicht verstehen konnte, warum Blanca ausgerechnet zu ihrer nervigen kleinen Schwester so nett war. »Jetzt kriege ich bestimmt wieder von meiner Mutter eins auf die Rüstung, weil Charly gaaanz traurig ist, weil ich sie nicht in meinem Team haben will.« Da piepste ihr Handy. Überrascht ging Flo zum Schrank und zog das Telefon heraus. Eine Nachricht mit unbekannter Nummer blinkte auf: *»Hast du das Wettrennen vergessen? Wer kneift, hat verloren! L.«*

Kapitel Drei

Der erste Abend des Schuljahrs war im Matilda immer ein ganz besonderer: Für das Festmahl im Refektorium – so hieß der Speisesaal nämlich richtig – war alles in Dunkelrot geschmückt, und es gab Gerichte aus allen Herkunftsländern der Schülerinnen. Normalerweise freute Flo sich immer riesig auf dieses Festmahl. Sie hatte hier schon die unglaublichsten Dinge probiert: frittierte Vogelspinnen aus Vietnam, ghanaischen Maisbrei in Bananenlaub oder in Cola gekochtes Hähnchen aus China. Nur einmal war sie würgend unter den Tisch gekrochen: als die isländische Spezialität vergammelter Haifisch serviert wurde. Laut Rezept hatte der Fisch vier Wochen lang in einer Kiste unter der Erde gelegen. Der Gestank war so bestialisch gewesen, dass Direktorin Petronova für eine halbe Stunde den Saal räumen lassen musste.
Nun aber schlappte Flo hinter Pina und Blanca in den Speisesaal, der von lautem Gebrabbel erfüllt war, und grübelte, wie sie Blanca zu ihrer Komplizin machen konnte. Damit sie ihr Wettrennen überhaupt antreten konnte! Pina führte sie entlang der schweren Holztische, die sich in langen Reihen

durch das weiß getünchte Gewölbe zogen. Die meisten Schülerinnen hatten schon auf den Bänken Platz genommen, und das flackernde Kerzenlicht überzog ihre Gesichter mit einem goldenen Schein. Man hätte sich fast wie im Mittelalter fühlen können, wären da nicht die kleinen Fließbänder gewesen, die kreuz und quer durch den Raum schossen.
Diese flinken Transportbänder, die Schalen und Platten von einem Tisch zum anderen beförderten, waren die Erfindung eines Abschlussjahrgangs. Am Ende der Schulzeit mussten sich die zwölften Klassen nämlich immer etwas ausdenken, das den Alltag der Schule verbesserte: Im vergangenen Jahr hatten die Schülerinnen ein virtuelles Museum gebaut. In einem Raum, der komplett aus unsichtbaren Bildschirmen bestand, konnte man sich per Knopfdruck jede erdenkliche Ausstellung der Welt ins Matilda holen. Davor hatte eine Gruppe ein unterirdisches Gewächshaus konstruiert, und ein weiteres Jahr zuvor war ein Drohnenflughafen gebaut worden, damit die Schule auch aus der Luft versorgt werden konnte.
»Die Fünften sitzen dahinten«, sagte Pina und marschierte zu einem Tisch, an dem schon Min-Hai, Minerva, Olga und die schöne Marathonläuferin saßen. Blanca rutschte neben Min-Hai, und Flo und Pina setzten sich gegenüber zu den anderen.
»Das hier ist Abeba«, stellte Min-Hai stolz ihre neue Zimmernachbarin vor. »Sie ist das größte afrikanische Nachwuchstalent im Marathonlauf und hat eine super Aktionsgruppe gegründet, mit der sie für sauberes Trinkwasser kämpft.«
»Wow!«, sagte Pina.

»Wir haben ihr erst einmal den Außenring mit den Sportanlagen gezeigt, und dann sind wir Bungee gesprungen«, berichtete Minerva. »Was habt ihr gemacht?«
»Wir waren in der Bibliothek«, sagte Flo bemüht begeistert.
»Und sonst?«, fragte Olga.
Zum Glück läutete in diesem Moment Madame Maseleige mit einer kleinen Glocke, und alle Gespräche verstummten. Jetzt konnte jedes Mädchen nach ihrem Brauch oder ihrer Religion für die Mahlzeit danken – oder es ebenso gut sein lassen. Pina sandte einen Gruß an Mutter Erde, Blanca faltete die Hände, Flo senkte den Blick, und Olga verzog keine Miene, während Min-Hai mit erhobenem Kopf die Augen schloss. Nach genau sechzig Sekunden ertönte die Glocke erneut, die Laufbänder sprangen an, und schon sausten Schüsseln und Schalen mit allerlei Köstlichkeiten an ihnen vorüber.
»Wie findet ihr den neuen Stundenplan?«, fragte Min-Hai, während sie sich eine Miso-Suppe vom Band nahm. »Habt ihr gesehen, dass wir Mrs Smith im Fechten haben?«
»Die ist supergut«, sagte Flo und griff nach einer Schüssel mit einer hellen Creme. »Ich hatte mal einen Extrakurs bei ihr, als wir für den Modernen Fünfkampf trainiert haben. Aber Hauptsache, wir haben Herrn Ringstrøm wieder. Möchte noch jemand von dem arabischen Hummus Tahini?«
Minerva nahm ihr die Schale aus der Hand. »Ich wette, Ringstrøm hat Petronova bestochen, damit er dich weiter unterrichten darf!«, stichelte sie. Alle wussten, dass Flo mit ihren super Plänen der Liebling des Strategielehrers war.
»Viel cooler ist, dass wir Emilia Santiago in Sternenkunde be-

kommen«, schwärmte Olga und stopfte sich einen Fleischklops in den Mund. »Sie war eine der führenden Köpfe im Zentrum für Luft- und Raumfahrt und hat Curiosity mitentwickelt.«
»Ist das auch ein Fach?!«, fragte Abeba und betrachtete skeptisch einen vorbeisausenden Teller mit Pfannkuchen.
Pina winkte ab. »Curiosity ist ein Marsroboter. Wenn du lang genug neben Olga gesessen hast, weißt du über alle Weltraummissionen Bescheid.«
»Ich bin nur froh, dass wir Herrn Richter nicht mehr in den Exploratorium-Stunden haben«, mischte sich nun Minerva wieder ein.
»Dafür leitet er unser Technikprojekt im November«, sagte Min-Hai. »Zieh mal schnell die Lasagne vom Band!«
Minerva erstarrte, und der italienische Nudelauflauf sauste vorbei. »Einen ganzen Monat lang jeden Tag Herrn Richter?! Das überleb ich nicht!«
»Danke für mein Lieblingsessen!« Min-Hai bleckte zum Spaß die Zähne, dann drehte sie sich zu Blanca. »Wie findest du denn den Stundenplan?«
Gespannt schauten Flo und Pina zu ihrer Zimmernachbarin. Blanca verfolgte sehr konzentriert einen heranfahrenden Teller mit Räucherfisch und sagte, ohne Min-Hai anzuschauen: »Ich finde alles gut.«
»Alles?« Minerva zog ungläubig die Nase kraus. »Irgendetwas findet man doch immer cool – oder total öde. Ich liebe zum Beispiel die Stunden in den Gewächshäusern und im medizinischen Labor. Das ist superspannend! Dafür könnte ich auf Fechten und Ballett gut verzichten.«

»Nichts gegen Ballett!«, mahnte Pina, die – wie jeder wusste – fürs Tanzen schwärmte.
»Wie sieht es denn mit Entwicklungshilfe aus?«, versuchte es Abeba. »Oder Redekunst?« Blanca schnappte den Fischteller vom Band und zuckte mit den Schultern.
»Und was ist mit Lasertechnik? Nirgendwo kann man damit so gut experimentieren wie hier«, warf Olga ein. »Oder interessierst du dich eher für Tiere? Oder fürs Wetter? Wir haben hier eine eigene Messstation!«
»Blanca steht auf Literatur«, beendete Flo schnell das Thema, und zu ihrer Überraschung warf Blanca ihr einen dankbaren Blick zu. Das ist das erste Mal, dass sie mich nicht blöd anguckt, dachte Flo.
»Ich habe noch mal eine ganz andere Frage«, sagte da Abeba. »Was ist eigentlich MoMa?«
»Mode und Manieren«, stöhnte Pina.
Flo machte eine Geste, als wenn ihr übel würde. »Aber frag mich bitte nicht, wer diese Lana Couture ist, die das unterrichtet.«
»Das ist eine der bedeutendsten Mode-Bloggerin!«, keifte es da vom Nachbartisch herüber. »Aber logisch, dass *du* in deinen alten Schlabberpullis sie nicht kennst.«
»Mensch, Cilly«, säuselte Flo. »Ist es bei dir da drüben so langweilig, dass du schon meinen Gesprächen lauschen musst?«
»Das nennst du Gespräch?«, zickte Cilly zurück. »Also wir debattieren hier gerade über die elf aufgeschlitzten Seesäcke. Offensichtlich wurde das Gepäck der Neuen gründlich durchsucht – und niemand weiß, warum und von wem!«

»Elf?!«, fragte Flo überrascht.
»Du kriegst ja überhaupt nichts mit!«, gackerte Lilly.
Flo drehte sich zu ihren Freundinnen. »Wusstet ihr das?«
Min-Hai schüttelte den Kopf. »Als wir Abebas Sachen geholt haben, sprach Madame von zwei Seesäcken. Sie meinte, das wäre beim Transport passiert.«
»Aber die Säcke sind von ganz verschiedenen Boten geliefert worden«, warf Olga ein.
Flo bemerkte, dass Blanca jetzt wieder sehr genau zuhörte.
»Glaubt ihr, die wurden hier im Internat aufgeschlitzt?«, fragte Minerva.
Min-Hai schüttelte den Kopf: »Quatsch – wer sollte so etwas tun?«
»Genau das ist die Frage«, sagte Flo und schielte zu Blanca, die jetzt auffällig nervös wurde.
»Ich habe noch eine andere Neuigkeit!« Min-Hai winkte sie ein Stückchen näher heran und flüsterte: »Die Neunten haben in den Ferien den Hauptcomputer der deutschen Bundesregierung geknackt!« Alle machten große Augen – nur Blanca schaltete jetzt wieder komplett ab.
»Natürlich haben sie nichts mit den Informationen angestellt. Aber Petronova ist superstolz!«, fuhr Min-Hai fort.
Im selben Moment stand Blanca auf. »Ich bin müde und gehe schlafen. Gute Nacht.«
»Findest du den Weg?«, fragte Pina. Blanca nickte und ging.
»Gute Nacht!«, rief Flo und sah ihr nachdenklich hinterher. Irgendetwas hatte Blanca mit den aufgeschlitzten Seesäcken zu tun. Da war sie ganz sicher. Aber was? Flo spähte zum Ende des Saals, wo Petronova am Tisch der Lehrer saß

und ihren Blick wie ein Adler über die Schülerinnen schweifen ließ. Und warum hatte die Direktorin Blanca ausgerechnet in ihr Zimmer gesteckt? Sicher nicht, um sie auszuspionieren. Dafür war Blanca viel zu verschlossen und verstockt. Es musste also einen anderen Grund geben …

Kapitel Vier

Als am nächsten Morgen der Wecker klingelte und Flo und Pina sich aus ihren Kissen schälten, war Blanca schon verschwunden. Flo sprang aus dem Bett und streckte prüfend eine Hand unter Blancas perfekt gefaltete Decke. »Kalt. Sie muss schon länger weg sein.«

»Sie ist heute Nacht mindestens drei Mal aufgestanden und rausgegangen«, gähnte Pina und setzte sich auf den Rand ihrer Matratze. »Und ich hatte einen Traum.«

Flo fuhr herum. »Ging er gut oder schlecht aus?«

Pina seufzte tief. »Das ist es ja: Er hatte eigentlich gar kein Ende … Da waren drei kleine Vögel in einem Nest …«

»Sollen das *wir* hier sein?«, unterbrach Flo.

Pina zuckte mit den Schultern. »Keine Ahnung. Jedenfalls wurden sie von einem Jagdfalken bedroht. Er schoss vom Himmel auf sie zu …«

»Und dann?«, fragte Flo atemlos.

»Da brach mein Traum ab. Darum kann ich ihn ja nicht deuten … Aber es fühlte sich irgendwie nicht gut an.«

Flo fuhr sich durch ihre wild abstehenden Haare und zeigte zu Blancas Bett. »Glaubst du, es hat etwas mit ihr zu tun?«

»Ich weiß nicht ...«
»Warum geistert sie nachts hier rum?«
»Wenn sie aus Paraguay kommt, hat sie vielleicht Schlafstörungen, weil sie mit der Zeitumstellung nicht klarkommt?«, überlegte Pina. »Da wäre es im Moment halb zwei in der Nacht.«
»Vorsicht!« Flo hob einen Finger. »Sie hat nur gesagt, dass sie da zuletzt gewohnt hat. Ob sie direkt aus Südamerika gekommen ist, wissen wir nicht.« Grübelnd ging sie zum Waschbecken und begann, sich die Zähne zu putzen. Plötzlich schoss ihr ein Gedanke ins Hirn. »Mie hommt vommeer«, blubberte sie, und der Schaum tropfte ihr aus dem Mund.
»Häh?«, machte Pina.
Flo spuckte aus. »Sie hat irgendetwas mit Seefahrt zu tun!«
»Weil sie gestern Fisch gegessen hat?«
»Denk doch mal nach: In der Bibliothek hat sie diesen Klabautermann-Fluch ausgestoßen. Die aufgeschlitzten *Seesäcke* machen sie nervös – und als sie die Münze mit dem Schiff gesehen hat, ist sie halb durchgedreht!«
Flo warf die Zahnbürste ins Waschbecken, stürmte zu ihrem Schrank und riss das Handy heraus.
»Was machst du da?«
»Ich will wissen, was dieses *Puerto Belo* bedeutet. Das Wort auf der Münze!« Flo tippte ein paar Stichwörter in ihr Telefon, und dann wurden ihre Augen groß. »Puerto Belo war früher eine der wichtigsten Hafenstädte in Panama! Kolumbus hat sie entdeckt, und die Spanier haben da im 17. Jahrhundert ihr erbeutetes Gold auf die Schiffe geladen.«

»Dann muss diese Münze ja steinalt sein?!« Pina sprang auf. »Und Blanca hat sie sofort erkannt!«
Flo trommelte nervös mit den Fingern gegen die Schranktür. »Aber das sollten wir nicht wissen. Weißt du, was auch noch komisch ist?«
Pina schüttelte den Kopf.
»Paraguay ist eins der wenigen südamerikanischen Länder, das *nicht* am Meer liegt!« Damit marschierte sie durch den Raum und rüttelte an Blancas Koffer. »Abgeschlossen!« Sie zog am Griff und stöhnte. »Immer noch schwer wie Blei. Sie hat ihn nicht ausgeräumt!« Energisch stützte Flo die Arme in die Seite. »Also, ich glaube ihr überhaupt nichts mehr. Auch nicht, dass ihre Talente Lesen und Plätzchenbacken sind!«
»Sie backt Cupcakes – das sind so kleine, verzierte Kuchen«, verbesserte Pina.
»Mir doch egal, was die da zur Tarnung rumkleckert. Wir müssen rauskriegen, warum sie wirklich hier ist!«

Als sie kurz darauf den Speisesaal betraten, saß Blanca schon beim Frühstück, den Zopf perfekt um den Kopf geflochten und den Blick stur auf die Tischplatte geheftet. Flo hatte sich fest vorgenommen, Blanca aus der Reserve zu locken. Seit Pina ihr von dem Traum erzählt hatte, spürte sie nämlich ein merkwürdiges Grummeln im Bauch. Und jetzt, wo sie Blanca sah, wurde es sogar noch stärker.
»Und, gut geschlafen?«, fragte Flo und rutschte in die Bank.
»Sehr gut, danke«, antwortete Blanca und biss in ihr Heringsbrötchen.

»Wir haben in den ersten beiden Stunden Literatur. Freust du dich schon?«
Blanca zögerte. »Doch ... schon.«
Flo schnappte sich ein Hörnchen aus einem vorbeifahrenden Korb. »Du solltest unserer neuen Literaturlehrerin gleich sagen, was dein Fachgebiet ...«
»Hört bloß auf!«, schnauzte es da, und Olga schlurfte heran.
Flo verzog genervt den Mund. Musste Olga sie ausgerechnet jetzt bei ihrem unauffälligen Verhör unterbrechen?!
Mit einem lauten Rums ließ Olga sich auf die Bank plumpsen.
»Ups«, machte Pina. »Nach Schwerelosigkeit fühlt sich das heute Morgen aber nicht an.«
»Wisst ihr, was die aus der Sechsten sagen? Unsere neue Literaturlehrerin verlangt, dass wir jeden Tag hundert Seiten lesen«, motzte Olga. »Damit wir mit vierzig die Weltliteratur durchhaben!«
»Hör nicht hin«, flötete es da von der anderen Seite, und Min-Hai und Abeba quetschten sich neben Blanca. »Unsere angehende Astronautin ist nämlich der größte Morgenmuffel des Universums. Stimmt's, Olga?«
»Klappe«, knurrte die. »Oder ich schieß dich zum Mond!«
Flo wartete, bis alle mit ihren Brötchen und Müslis beschäftigt waren, dann startete sie ihren zweiten Versuch. »Also«, sagte sie und beugte sich zu Blanca. »Wo waren wir stehen geblieben? Ach ja! Was dich in der Bibliothek am meisten interess...«
»Hei-Kartoffelbrei!«, quietschte es da, und Charly kam mit einer Horde Drittklässler herangewetzt.

»Schönen guten Morgen, aber dies ist der Tisch der Fünften!« Gereizt zeigte Flo auf die andere Seite des Raums. »Die Kleinen sitzen da drüben.«
Charly stemmte die Hände in die Hüften und blitzte ihre große Schwester an. »Seit wann interessierst *du* dich für Schulregeln? Außerdem wollten wir gar nicht zu dir!« Sie drehte sich zu Blanca und säuselte: »Wir wollten dich fragen, wann wir mit dem Backkurs anfangen?«
»Gleich nächste Woche«, antwortete Blanca.
»Genial-Speisesaal!« Charly hüpfte wie ein Gummiball auf der Stelle. »Und dann, dann wollten wir dich noch was fragen, also ... äh ... Dürfen wir mit dir in eine Gruppe bei den Geländespielen?«
Flo verschluckte sich beinahe an ihrem Hörnchen, doch bevor sie etwas sagen konnte, nickte Blanca. »Aber ja. Gern.«
Charly stieß einen so lauten Begeisterungsschrei aus, dass für einen Moment alle Gespräche im Saal verstummten.
»Wie peinlich«, stöhnte Flo.
Doch Charly schenkte ihr überhaupt keine Beachtung, sondern nickte nur so heftig wie ein Wackeldackel und jubelte: »Oh, vielen, vielen Dank, Blanca! Das wird Granate-Tomate!«
Dann sauste sie mit ihren Freundinnen wieder davon. Blanca stand nun ebenfalls auf, nuschelte »Bis gleich« und ging.
Missmutig biss Flo in ihr Hörnchen. Sie wusste nicht, was sie mehr beunruhigte: dass sie keinen Fitzel aus Blanca herausbekommen hatte oder dass ihre kleine Schwester jetzt mit ihr in die Geländespiele startete. Vor allem aber wurde das blöde Grummeln in ihrem Bauch immer stärker. Denn eins war leider so klar wie das Wasser im Burgbrun-

nen: Ohne Grund hatte Pina nicht von diesem Jagdfalken geträumt. Immer wenn ihr etwas im Schlaf erschienen war, hatte es früher oder später etwas bedeutet. Und wenn es sich auch noch ungut anfühlte, dann war damit nicht zu spaßen. Mit einem Ruck sprang Flo auf und durchquerte zielstrebig den Raum. Vor der Tafel der Drittklässler blieb sie stehen. »Charly?«

»Hier sitzen die Kleinen – die Fünften sitzen da drüben«, sagte Charly und zog eine Fratze.

Mette kicherte.

»Ich muss dich kurz sprechen.«

»Ooooh«, machte Charly extralaut. »Meine große Schwester gibt sich die Ehre.«

Sie kletterte aus der Bank und baute sich vor Flo auf. »Schieß los!«

»Nicht hier!« Flo zog Charly in eine Ecke nahe der Tür. »Ich möchte nicht, dass du in das Team von Blanca gehst.«

»Pfft! Das hast du doch gar nicht zu bestimmen!«

»Ich habe irgendwie kein gutes Gefühl dabei, klar?«

»Nö! Ewig meckerst du rum, dass ich nicht in deine Gruppe soll – und jetzt such ich mir ein eigenes Team, und da flippst du schon wieder aus.«

»Ich flippe nicht aus. Ich mache mir nur Sorgen!«, fuhr Flo Charly an.

»Sag ich ja: Du flippst aus.« Damit wollte sich Charly umdrehen und weggehen, doch Flo packte sie fest am Arm. »Das ist kein Spaß!«

»Dein Problem-Sahnecreme«, zwitscherte Charly, machte sich los und flitzte davon.

Verärgert kehrte Flo an ihren Tisch zurück und rutschte neben Pina. Wenn sie wenigstens ein gutes Argument hätte! Aber mit ihren vagen Vermutungen und Pinas halbfertigem Traum könnte sie nicht einmal ihre Mutter überzeugen, Charly eine Ansage zu machen.
»Freust du dich gar nicht?!«, rief da Min-Hai. »Charly hat sich gerade freiwillig an jemand anderes geklettet. Endlich können wir zusammen eine Gruppe für die Geländespiele bilden!«
Pina gab Flo einen Stups. »Ohne dass deine Mutter das Kriegsbeil ausgräbt und dir mit Stammesverstoß droht!«
Flo nickte und bemühte sich um einen begeisterten Gesichtsausdruck. »Ja, stimmt. Vielleicht werden wir diesmal ja sogar die Besten von der ganzen Schule?«
»Wir drei und Abeba haben echte Chancen aufs Siegertreppchen!«, triumphierte Min-Hai.
Flo seufzte und schaute noch einmal zu Charly, die kichernd mit ihren Freundinnen die Köpfe zusammensteckte.
»Mach dir nicht so viele Gedanken«, raunte Pina. »Blanca ist komisch, aber sie ist echt nett zu Charly. Außerdem haben wir keine Beweise, dass sie in dieser Sache mit den Seesäcken drinhängt, und noch kann mein Traum alles und nichts bedeuten.«
»Ich weiß«, murmelte Flo. Aber warum hatte sie dann so ein heftiges Grummeln im Bauch?

Tatsächlich erhielten sie von ihrer Literaturlehrerin Frau Ungut-Drüber, einer dürren, hohlwangigen Person mit üppiger Lockenmähne, eine fünfseitige Leseliste. Und obwohl sie den Großteil des Lesestoffs auf ihre Tablets laden konnten, schleppte jedes Mädchen zusätzlich noch einen dicken Stapel Bücher aus der Bibliothek.

»Und wann soll ich bitte trainieren?«, stöhnte Abeba.

»Du kannst dich ja aufs Laufband stellen und dabei ein bisschen Weltliteratur lesen«, schlug Minerva grinsend vor.

Dann trennten sich ihre Wege, weil alle schnell noch vor der nächsten Stunde die Bücher aufs Zimmer schleppen mussten. Flo und Pina bogen gerade in das Treppenhaus des Osttrakts, als ihnen plötzlich Cilly und Lilly den Weg versperrten.

»Was wollt ihr?«, fragte Flo.

»Wir haben euch gehört«, zickte Cilly.

»Oh wow! Muss ich dich jetzt dafür bewundern?« Flo riss gespielt dramatisch die Augen auf. »Bis jetzt dachte ich, jeder, der zwei funktionierende Ohren hat, kann mich hören.«

»Heute Nacht habt ihr dreimal das Zimmer verlassen«, fauchte Lilly und warf ihre blonden Löckchen zurück.

»Und wenn?«, warf Pina scharf ein. »Wir sind zu dritt. Wenn jede einmal aufs Klo geht, macht das drei Mal.«

»Ihr wart aber nicht auf dem Klo!« Cilly lächelte herablassend. »Wir haben euch im Auge. Ab jetzt kommt ihr hier nicht mehr heimlich raus.«

»Da krieg ich aber Angst«, sagte Flo und schob Cilly beiseite. »Komm, Pina!«

»Glaubt bloß nicht, dass ihr euch noch einmal ungestraft mit dem Pack aus dem Dorf treffen könnt«, drohte Cilly, und Lilly keifte: »Und wenn ihr es doch wagen solltet, könnt ihr gleich nach eurer Rückkehr die Koffer packen!«

»Woher wissen die das?!«, schimpfte Pina, als sie außer Hörweite waren. »Die müssen irgendwo einen Bewegungsmelder oder eine Kamera eingebaut haben.«
Flo nickte. So eingebildet und aufgedonnert Cilly und Lilly auch waren – so schlau waren sie leider auch. Und sie ergänzten sich mit ihren Talenten prächtig: Lilly war eine Leuchte in Elektrik und wusste alles über Strom. Cillys Spezialgebiet war Lasertechnik. Es war ein Klacks für sie, irgendeine Überwachungsanlage zu bauen. »Jetzt haben wir schon Ärger, obwohl wir noch nicht einmal versucht haben, auszubüxen«, seufzte Flo. »Wir müssen unbedingt gucken, wo sie das Ding versteckt haben!«
»... und Blanca ausquetschen, rauskriegen, was die mit den aufgeschlitzten Seesäcken zu tun hat, einen Ausschlupf finden, eine Wette gewinnen ...« Pina sah Flo zweifelnd an. »Meinst du nicht, das wird ein bisschen viel?«
»Was soll ich deiner Meinung nach tun?!«, fragte Flo genervt.
Pina legte Flo den Arm um die Schultern. »Wir konzentrieren uns jetzt erst mal auf die Geländespiele, schnappen uns eine schöne Medaille, und danach sehen wir weiter.«

Zum Glück konnten sie sich in den nächsten beiden Stunden mit etwas Lustigem ablenken: Im Exploratorium zeigte ihnen Dr. Polung, wie man bunte Schatten herstellte. In Nullkommanix hatten sie die farbigen Scheinwerfer so angeordnet, dass ihre Körper als gelbe, türkis- oder magentafarbene Abbilder an der weißen Wand erschienen. Wild hüpften sie herum, und Dr. Polung hatte alle Hände voll zu tun, sie wieder zur Ruhe zu bringen. Blanca hielt sich die ganze Zeit abseits und sagte nur etwas, wenn der Lehrer sie direkt ansprach. Genauso verhielt sie sich auch in Sternenkunde. Sie suchte sich einen Platz in der letzten Reihe des Planetariums, während ihre neue Lehrerin Emilia Santiago auf hohen Stöckelschuhen hin und her stakste und begeistert über das Sonnensystem referierte. Dabei sah sie in ihrem silbern glänzenden Minirock und dem punkigen Bürstenhaarschnitt selbst wie eine Sternschnuppe aus.

Sogar bei der Einweisung in die große Sternwarte, mit der sie demnächst den nächtlichen Himmel beobachten sollten, verkrümelte Blanca sich in eine Ecke. Erst mit dem Gongschlag wurde sie wieder munter und huschte sofort davon.

»Warum hat sie es am Ende der Stunde immer so eilig?«, wunderte sich Flo auf dem Weg zum Speisesaal und rannte, ganz in Gedanken, in ihren Lieblingslehrer Herrn Ringstrøm.

»Hups!«, machte der alte Herr, der wie immer so aussah, als sei er gerade aus einem alten Stummfilm geplumpst: Er trug einen schwarzen Gehrock, aus dessen Tasche die glänzende Kette einer Taschenuhr hing, und eine graue Hose mit Nadelstreifen.

»Florence, meine Liebe!«, rief Herr Ringstrøm begeistert. »Gerade habe ich meinen Kollegen gesagt: Sollte ich jemals bei Hochwasser auf einem Dach festsitzen, dann hoffe ich, dass du den Katastrophenschutz leitest.«

»Danke, Herr Ringstrøm«, sagte Flo. »Darf ich Sie etwas fragen?«

»Bitte, mein Kind!«

»Diese elf aufgeschlitzten Seesäcke ...«

»Ich muss dich leider enttäuschen, Florence. Kein Fall für uns. Eine ganz banale Geschichte: Einer der Hilfsgärtner soll es aus Habgier getan haben. Man hat ihn schon entlassen.«

»Aber warum Seesäcke?«, bohrte Flo nach.

Herr Ringstrøm hob mit großer Geste die Arme. »Manchmal ist die Antwort ganz einfach: Ein Seesack lässt sich leichter und geräuschloser aufschlitzen als ein Leder- oder Plastikkoffer. Und nun husch zum Mittagessen. Wir werden schon etwas anderes Spannendes finden, mit dem wir unsere Gehirnwindungen in Schwung halten können.«

»Tja«, sagte Pina, als Herr Ringstrøm nicht mehr in Hörweite war. »Dann war Blanca wirklich nur erschreckt, weil sie dachte, hier wird geklaut.«

»Nur weil es ein Hilfsgärtner war, heißt das immer noch nicht, dass sie *nichts* damit zu tun hat!«, beharrte Flo.

»Aber es macht sie auch nicht verdächtiger«, entgegnete Pina.

Kapitel Fünf

»Das haut jetzt echt den letzten Ritter aus der Rüstung!«, stieß Flo aus.

Auch Pina schüttelte fassungslos den Kopf. »Wie eine Horde heulender Kojoten bei Vollmond!«

Mitten im Speisesaal stand Blanca umringt von einer Schar Drittklässler – und alle hatten ihr Haar zu dem gleichen spießigen Bauernzopf geflochten wie sie! Selbst Charly hatte ihre fisseligen Strähnchen irgendwie um den Kopf geknotet. Flo konnte es nicht glauben: ihre kleine Schwester Charly! Die sonst immer schrie, wenn man ihr nur mit einer Bürste zu nahe kam!

»Oh bitte, Blanca! Zeig uns, wie du das am Hinterkopf machst, da fällt bei uns immer alles auseinander«, bettelte Charly und kletterte auf eine Bank, damit sie einen besseren Blick auf die Frisur hatte. Ehe Blanca reagieren konnte, zupfte Charly an einer Strähne und löste versehentlich das Gummiband. Blancas Zopf fiel auseinander, und Charly quietschte: »Was ist das denn?! Du hast ja eine Tätowierung am Kopf!«

Mit einem Mal war es totenstill im Saal, und Blanca wurde leichenblass.

»Das ist ein Schiff. Ein Schiff mit drei Segeln!« Charly war so aufgeregt über ihre Entdeckung, dass sie Blancas Schockstarre gar nicht bemerkte. Erst als Mette sie unter den Arm klemmte und von der Bank hob, wurde ihr klar, dass da gerade etwas gehörig schiefgelaufen war.
»Oh weih! Das wollte ich nicht!« Nun wurde Charly weiß wie die Wand.
»Schon gut. Kein Problem«, stotterte Blanca, strich ihr fahrig über den Kopf und stürzte aus dem Speisesaal.
Etwas bedröppelt trollten sich die Drittklässler zu ihrem Tisch.
»Das Segelschiff auf der Münze hatte auch drei Segel!«, flüsterte Flo. »Wir müssen in die Bibliothek und rauskriegen, was das bedeutet. Ohne Grund lässt sich ja niemand so ein Ding in die Rübe stechen!«
»Und versteckt es dann auch noch unter einem Zopf«, fügte Pina hinzu.

Doch leider fanden sie in den Fachbüchern der Bibliothek nichts wirklich Besonderes zu dem Schiff mit den drei Segeln. Es hätte alles und nichts bedeuten können. Selbst in einem riesigen, ledergebundenen Buch über Münzen, das ihnen Alberto nur unter starkem Zähneknirschen herausgab, war nichts Neues über die Puerto-Belo-Münze und ihre Prägung herauszubekommen – außer, dass ein Großteil des Goldes seit einem Piratenüberfall im Jahre 1668 verschwunden war.
»So kommen wir nicht weiter«, seufzte Pina und klappte das Buch zu.

Flo trommelte mit den Fingern auf dem Tisch. »Aber es muss einen Zusammenhang zwischen der Münze, den aufgeschlitzten Seesäcken, der Tätowierung und ihrer Geheimniskrämerei geben! Und das würde ganz sicher auch erklären, was mein Grummeln und dein Traum –«

»Wir haben keinen blassen Schimmer«, unterbrach Pina. »Das sind alles nur Vermutungen. Ich mache dir jetzt mal einen Vorschlag, Blutsschwester: Die Vorbereitungen für die Geländespiele beginnen erst um 17:00 Uhr. Bis dahin haben wir Freizeit. Du vergisst jetzt mal dein ganzes Gegrummel, und wir gehen eine Runde reiten. Denn wer immer nur den Bärenspuren folgt, übersieht das Kaninchen hinter sich!«

»Okay, vielleicht ist es wirklich das Klügste, mal einen Moment an etwas anderes zu denken.« Flo stand auf. »Ab zu den Pferden!«

Eisenherz stand ganz vorn in der ersten Box des Stalls. Flo konnte ihn schon von Weitem durch die geöffnete Tür sehen. Sein blauschwarzes Fell glänzte in der Sonne, und als sie ihn beim Namen rief, hob er seinen Kopf und schüttelte die lange, wellige Mähne. Flo legte noch einen Zahn zu, riss die Tür auf und drückte ihre Nase in sein weiches, warmes Fell. Der Hengst schnaufte, dann hob er das rechte Bein und scharrte dreimal.

»Schon verstanden!« Flo zog einen Apfel aus der Tasche und hielt ihn dem Pferd entgegen. Aus der Box daneben streckte Agas ihren Kopf. Flo strich der schwarz-weiß gefleckten Stute über die Nüstern. Eifersüchtig stupste Eisenherz sie mit dem Kopf, und Flo musste lachen.

»Guten Tag, die Damen. Ich habe euch schon vermisst!«, rief da eine heisere Stimme vom Ende des Gangs, und der Stallmeister Aaron kam aus seinem Büro gehumpelt.
»Tut uns leid«, entschuldigte sich Flo. »Aber wir stehen unter Dauerbeobachtung und können nur noch während der offiziellen Freistunden raus.«
»Wahrscheinlich können wir dir dieses Schuljahr auch nicht so oft helfen«, sagte Pina traurig.
Aaron wuschelte den beiden durch das Haar. »Na, dann werde ich mal schauen, ob mir bei der Schulleitung ein guter Grund einfällt, warum ich euch unbedingt für Sonderdienste hier im Stall brauche.«
Flo stieß einen Seufzer der Erleichterung aus. »Das wär endlich mal 'ne gute Nachricht!«
Dann trensten sie ihre Pferde, sprangen auf die blanken Rücken und trabten auf die Weide hinter dem Stall. Kaum waren sie durch das Gatter, ließ Flo ihrem Hengst die Zügel und schnalzte. Der Rappe bäumte sich auf und galoppierte los. Flo schloss die Augen. Eisenherz flog über die Wiese, der warme Sommerwind fuhr ihr durch die Haare, und sie verlor sich ganz im donnernden Hufschlag des Hengstes. Für einen Moment vergaß sie sogar Pinas Traum und ihr Grummeln im Bauch.
Nachdem Eisenherz und Agas sich ordentlich ausgetobt hatten, legten sich Flo und Pina rückwärts auf die Rücken ihrer Pferde und schauten in den wolkenlosen Himmel. »Wenn man nach oben guckt, sieht man keine Zäune und Mauern«, sagte Flo. »Und erst recht keine blöden Schiffe mit drei Segeln.«

»Wir werden schon rauskriegen, was das alles bedeutet. Und wir werden einen Ausschlupf finden, und du wirst auch deine Wette gewinnen«, beruhigte Pina sie. »Aber jetzt holen wir uns erst mal einen Sieg bei den Geländespielen.«
Flo streckte die Hand zu ihrer Freundin hinüber. »Was würde ich ohne dich machen?«
»Und ich ohne dich!«, grinste Pina. Dann ließen sie ihre Pferde noch einen Moment grasen, halfen Aaron beim Füttern und rannten mit dem letzten Gongschlag zurück in den Innenring, um ihre Ausrüstung für die Geländespiele zu holen.

Vor der Kleiderkammer im Kellergeschoss herrschte schon wildes Gedränge, und sie brauchten einen Moment, bis sie Min-Hai und Abeba gefunden hatten. Alle Mädchen wollten ihre Ausrüstung haben, und Madame Maseleige rotierte mit hochrotem Kopf hinter dem Tresen, damit bloß die richtigen Päckchen mit den entsprechenden Kleidergrößen der richtigen Gruppe zugeteilt wurden. Jede Schülerin bekam nämlich Sportsachen, Rucksack, Schwimmzeug und eine Regenjacke mit aufgesticktem Schulwappen in demselben Dunkelrot wie die Samtumhänge. Zusätzlich erhielt jede Gruppe Pfeil und Bogen, ein Messer und eine Kletterausrüstung. Dann hatten sie genau zwei Stunden Zeit, das Material zu prüfen und miteinander ein paar Tests zu machen.
»Habt ihr mitbekommen, dass Cilly und Lilly sich zwei Zehntklässler ins Team geholt haben?«, fragte Min-Hai, während sie ihre Karabiner und Seile an der hohen Kletterwand im Schulgarten ausprobierten.

Pina winkte ab. »Das wird ihnen auch nichts nützen!«
»Warum könnt ihr die beiden eigentlich nicht leiden?«, fragte Abeba.
»Sie haben Pina mal als *zurückgebliebene Indianerin* beschimpft«, erklärte Flo. »Dabei wissen sie genau, dass Pina Cherokee ist! Ihr Vorfahr Sequoyah hat die Schriftsprache der amerikanischen Ureinwohner erfunden.«
Abeba schüttelte empört den Kopf. »Pavian-Popo! Wie sind die denn drauf? Wir müssen ihr Team unbedingt schlagen!«
»Keine Sorge«, Pina warf kämpferisch den Kopf in den Nacken. »Bevor ich Cilly und Lilly den Sieg überlasse, schneide ich mir eher meine Zöpfe ab!«
»Hui!«, rief Min-Hai. »Ihr habt es alle gehört!«
Dann verteilten sie ihre Ausrüstung auf die Rucksäcke und machten sich wieder auf den Weg Richtung Innenring.
»Wer zuerst am Torhaus ist!«, rief Flo und sauste los. Kaum war sie um die Ecke auf den großen Vorhof gepest, überholte sie ein kleiner, hellblauer Transporter. Sofort verlangsamte sie ihr Tempo.
»Panificio di Danelli«, las Pina die Aufschrift. »Ist das nicht ...?«
Flo zuckte die Schultern. »Wer soll das sein?«
Pina zog eine Braue hoch. »Das ist doch die Bäckerei von diesem Luca, stimmt's?«
»Wenn überhaupt die von seinen Eltern«, nuschelte Flo bemüht beiläufig.
Pina schaute sie überrascht an. »Du hörst doch nicht etwa auf zu laufen, weil dieser blöde Angeber da im Auto sitzen könnte?«

»Quatsch!«, wiegelte Flo ab und fiel schnell wieder in einen Laufschritt.
Im selben Moment öffnete sich die Beifahrertür, und ein Junge mit tiefschwarzen Locken und graublauen Augen sprang aus dem Lieferwagen.
»Der sieht aber süß aus«, stellte Abeba fest.
»Das ist ein blöder Angeber!«, sagte Pina.
»Und der allerbeste Mountainbiker im Dorf«, rutschte es Flo heraus. Im selben Moment hätte sie sich die Zunge abbeißen können. Das hatte sich ja angehört, als wollte sie Luca verteidigen!
Prompt warf Pina ihr einen überraschten Blick zu. Flo guckte schnell zur Seite. In derselben Sekunde kreuzte sich ihr Blick mit dem von Luca. Flo tat, als hätte sie ihn nicht gesehen, doch er zwinkerte ihr zu, zeigte auf seine Uhr und machte eine fragende Geste. Zu ihrem Ärger wurde Flo jetzt auch noch ganz heiß im Gesicht.
»Wer zuerst am Torhaus ist!«, rief sie schnell und rannte wieder los, bevor irgendjemand ihre glühenden Wangen bemerken konnte.

Als Flo und Pina nach dem Abendbrot in ihr Zimmer kamen, lag Blanca schon im Bett, und nur eine kleine Schreibtischlampe erhellte schwach die Schlafstube.
»Ich glaube, sie schläft schon«, wisperte Pina. Zügig schlüpften sie in ihre Pyjamas und putzen sich die Zähne. Flo schlich auf Zehenspitzen zum Schreibtisch und wollte gerade das Licht löschen, als Blanca den Kopf hob. »Flo?«
Verwundert fuhr Flo herum. »Ja?«

»Ich wollte dir nur sagen: Deine kleine Schwester vergöttert dich!«

»Was? Wie – also wie kommst du denn da drauf?«, stotterte Flo.

Blanca richtete sich in ihrem Bett auf. »Sie platzt vor Stolz, wenn sie von dir erzählt.«

Überrascht zog Flo die Augenbrauen hoch. »Das ... wusste ich nicht.«

»Doch, wirklich«, sagte Blanca. »Sie ist unglaublich stolz auf dich.«

»Danke«, sagte Flo und schaltete verwirrt das Licht aus. »Gute Nacht.«

»Schlaft ihr auch gut.«

»Ich glaube, das hat sie wirklich ehrlich gemeint«, hauchte Pina aus ihrem Himmelbett. Flo nickte stumm. Irgendwie wurde sie aus Blanca einfach nicht schlau.

Mitten in der Nacht schüttelte Pina sie aus ihrem Schlaf. »Hey, der Falke ist an dem Nest vorbeigeschossen!«, flüsterte sie.

»Was?«, fragte Flo schlaftrunken.

»Der Jagdfalke in meinem Traum! Er ist an den kleinen Vögelchen vorbeigeflogen. Er hatte null Interesse an dem Nest. Er hatte es auf etwas ganz anderes abgesehen!«

Flo rappelte sich auf. »Ist das jetzt gut oder schlecht?«

»Ich denke, dass eine mögliche Gefahr nichts mit uns hier zu tun hat.«

»Dann können wir uns jetzt ganz beruhigt auf die Geländespiele konzentrieren?«, murmelte Flo.

»Genau.«
Beruhigt schloss Flo die Augen. Das Grummeln in ihrem Bauch war nun auch fast verschwunden. Vielleicht hatte sie sich einfach nur in etwas reingesteigert ...

Kapitel Sechs

Am nächsten Morgen erwachten sie, lange bevor der Wecker klingelte. Durch das Fenster schien eine milchige Sonne, und der Himmel war mit Wattebällchenwolken übersät.

»Ideales Wettkampfwetter«, juchzte Flo und sprang aus dem Bett. Nach Pinas Traumdeutung fühlte sie sich leicht und frei wie eine Sommerschwalbe. Die Aufregung kribbelte bis in ihre Fingerspitzen, und sie konnte es kaum erwarten, endlich loszulegen!

Auch Pina war sofort hellwach. Eilig zogen sie ihre dunkelroten Sportanzüge an, putzen die Zähne und schnappten ihre Rucksäcke.

»Wir gehen schon mal vor«, sagte Pina zu Blanca, die ein wenig herumtrödelte.

Blanca winkte. »Viel Glück!«

»Dir auch«, rief Flo. »Und lass dich nicht von meiner kleinen Schwester nerven.« Dann sausten sie aus dem Zimmer.

Sie waren nicht die Einzigen, die früh dran waren. Hunderte Schülerinnen schwirrten schon durch die alten, sonnendurchfluteten Gänge, und Min-Hai und Abeba erwarteten sie ungeduldig am Fuß der Treppe. Gemeinsam rannten sie

in den Speisesaal und füllten ihre Wasserflaschen auf. Dann suchten sie sich einen freien Tisch möglichst weit vorn, denn an diesem Tag war die Tischordnung aufgehoben, damit die Teams zusammensitzen konnten.
Flo war so zappelig, dass sie kaum ihren Haferbrei herunterbekam. Sie sah sich suchend um und entdeckte im hinteren Drittel des Saals Charly mit Blanca, Mette und einer weiteren Drittklässlerin. Flo winkte, doch Charly hob nur cool eine Hand und verdrehte die Augen. So, als wäre Flo ihr peinlich! Flo war kurz davor, Kusshände in die Richtung ihrer kleinen Schwester zu werfen, als Direktorin Petronova vor die Schülerinnen trat. Augenblicklich wurde es mucksmäuschenstill. Wie immer in strenges Schwarz gekleidet, las die Direktorin die Spielregeln vor und erinnerte daran, dass absolut gar keine fremden Hilfsmittel genutzt werden durften. »Nur die Ausrüstung und was die Natur euch gibt.« Sie mahnte, dass über dem Wettkampfgedanken der Teamgeist stand. »Wenn eine gegnerische Mannschaft in Not gerät, hat Hilfe die höchste Priorität. Ich erwarte von euch Aufrichtigkeit und Fairness«, beendete die Direktorin ihren Vortrag. »Ihr habt in diesem Jahr eine besonders schwierige und anspruchsvolle Strecke zu bewältigen. Ich wünsche euch Scharfsinn, Durchhaltevermögen und das nötige Quäntchen Glück.« Dann griff sie in eine silberne Schale, um die Reihenfolge und die Routen der einzelnen Teams auszulosen. Flo krallte ihre Finger in die Holzbank. »Hoffentlich gehören wir zu den Ersten!«
»Unterschätz den Vorteil des Verfolgers nicht!«, erwiderte Pina. »Besser man hat seine Gegner im Auge als im Rücken.«

»Wenn man schnell genug ist, hat man niemanden im Rücken!«, grinste Flo und hätte im nächsten Moment am liebsten vor Wut in die Tischkante gebissen, denn ausgerechnet Cilly und Lilly wurden in die erste Startgruppe gelost.
»Trink noch einen Kräutertee«, sagte Pina und schob Flo ihre Tasse zu. »Das beruhigt.«
Doch wahrscheinlich hätte Flo an diesem Morgen einen ganzen Eimer Beruhigungstee trinken können, ohne dass er gewirkt hätte – denn nur zwei Minuten später wurde das Team von Blanca und Charly gezogen!
»Himmel, Matsch und Lanzenbruch«, fluchte Flo.
»Wie bitte?«, fragte Abeba.
»Sie meint, *da wird doch der Häuptling im Tipi verrückt*!«, übersetzte Pina.
Doch jetzt guckte Abeba noch verständnisloser. Min-Hai hingegen sagte gar nichts mehr. Sie meditierte mit geschlossenen Augen, um die Spannung zu ertragen. Als Petronova nach 20 Minuten endlich ihr Los aus der Silberschale zog und die Namen verlas, sprang Flo auf und raste wie eine wilde Hummel aus dem Speisesaal.

Der Startpunkt der Spiele befand sich auf dem Hof des Außenrings vor dem großen Eingangstor. Madame Maseleige erwartete sie an einem langen Tisch und überreichte den Teams jeweils eine Pergamentrolle mit den Aufgaben. Dann sah sie auf die Uhr am Glockenturm der Kapelle, trug die Startzeit in eine Liste und schoss mit einem kleinen Revolver in die Luft.
Eilig rollte Flo das Pergament auf. Die erste Angabe war le-

diglich eine Himmelsrichtung und die Information, dass Ziel Nummer eins an dem nächsten Bergbach lag, auf den sie stoßen würden. Mithilfe von Sonne und Uhrzeit bestimmten sie ihren Kurs, und dann verließen sie im Laufschritt das Internatsgelände. Flo atmete tief die frische Morgenluft ein. Vor ihr erstreckten sich die grenzenlosen Weiten der schroffen, bergigen Landschaft. Es gab keinen Zaun und keine Wand, die sie aufhielten, und sie durfte frei entscheiden, wohin sie lief.

Dabei war es gar nicht so einfach, ohne Kompass die Richtung zu halten. Erst recht, wenn immer wieder kleine Wolken den Himmel bedeckten. Im Dauerlauf durchquerten sie ein Wäldchen, erklommen einen Hang und stießen auf der anderen Seite auf eine schmale, aber tiefe Schlucht. Flo und Pina kannten sie gut – und sie wussten auch, wie weit und umständlich es war, sie zu umlaufen. Nach kurzer Beratung entschieden sie, über einen der quer liegenden Stämme auf die andere Seite zu balancieren.

»Es hat länger nicht geregnet. Das Holz ist trocken«, stellte Pina zufrieden fest. Flo legte sich den Klettergurt um, und Pina sicherte sie mit einem Seil. Konzentriert setzte Flo einen Fuß auf das dicke Ende des Stammes und bewegte sich langsam voran. Die ersten Meter waren noch leicht, doch je weiter sie vorankam und je dünner der Stamm wurde, desto heftiger wippte er unter ihren Bewegungen. Bald bog sich das Holz weit durch, und jeder Schritt versetzte den Nadelbaum in solch starke Schwingungen, dass Flo mit den Armen rudern musste, um das Gleichgewicht zu halten! Sie suchte ihre Mitte, richtete den Blick fest auf einen Punkt jenseits

der Schlucht – auf gar keinen Fall durfte sie jetzt schneller werden! Nur Idioten begannen am Ende zu rennen, weil sie dachten, so bliebe weniger Zeit, zu stürzen. Ganz langsam setzte Flo einen Fuß vor den anderen. Wie gut, dass Pina mich sichert, dachte sie. Ihrer besten Freundin konnte sie blind vertrauen. Niemals würde sie ihr Rettungsseil loslassen! Drei Schritte noch, zwei – dann hatte Flo es geschafft. Sie löste ihr Sicherungsseil und knotete das Ende um einen Baum. Nun hatten Abeba und Min-Hai zusätzlich einen Handlauf, an dem sie sich festhalten konnten. Pina bildete, diesmal von Flo gesichert, das Schlusslicht.
Für eine Verschnaufpause blieb ihnen keine Zeit. Sie mussten sofort weiter, wenn sie einen Platz auf dem Siegertreppchen ergattern wollten. Die nächsten zwei Kilometer ging es über ein Geröllfeld, und dann, nach einer weiteren Anhöhe, sahen sie endlich den kleinen Bergbach. Wie ein glitzerndes Band schlängelte er sich durch die Landschaft.
Min-Hai las ihre erste Aufgabe vor: Sie mussten direkt an der scharfen Flussbiegung ein Feuer entzünden – selbstverständlich ohne Streichhölzer oder Feuerzeug. In dieser Kunst war Pina eine Meisterin. In Windeseile entfachte sie mit etwas trockenem Gras, einem Stock und einem Holzstück eine kleine Flamme. Flo, Min-Hai und Abeba sammelten Reisig, und sobald ein ordentliches Feuer prasselte, löschten sie es wieder, sodass dicker Qualm aufstieg. Nun konnten sie ihre nächste Aufgabe lösen: durch Rauchzeichen ihre Ankunft melden. Mithilfe einer darüber gespannten Jacke gab Pina im Morsealphabet Buchstabe für Buchstabe durch: W-I-R S-I-N-D A-N-G-E-K-O-M-E …

»Stopp!«, schrie Min-Hai plötzlich. »Angekommen schreibt man mit zwei *M*!«
Doch da war es zu spät: Das *E* stieg schon watteweich und weiß in den Himmel hinauf und war nicht mehr aufzuhalten. Wütend sah Pina ihrem Rechtschreibfehler nach. Normalerweise schrieb sie solche Pipi-Texte im Schlaf! Normalerweise. Aber heute war selbst sie etwas nervös.
»Los, schreib weiter«, drängte Flo, der klar war, dass sie diesen Fehler jetzt nur durch Geschwindigkeit ausbügeln konnten. Schnell vollendete Pina den Satz und setzte ihre Namen darunter. Dann warteten sie. Zwei Minuten später erhielten sie ebenfalls durch Rauchzeichen ihre neue Aufgabe: »Folgt dem Bergbach bis zur Quelle«, lasen sie aus den Wölkchen. »Sie entspringt in einem See. Dort fangt einen Fisch. Dann folgt dem Hinweis auf der Rolle.«
Flo klatschte in die Hände. »Auf geht's!«
»Da kommt noch was!« Min-Hai deutete in das Blau hinter den Bergen und las: »Zwei Punkte Abzug wegen Rechtschreibfehler.«
»Entschuldigung«, sagte Pina und guckte zerknirscht.
Dann joggten sie mit doppeltem Tempo los, immer dem Lauf des Baches nach, bis sie atemlos an einem klaren Bergsee ankamen, aus dem das Flüsschen entsprang. Flo bastelte aus einem langen Stock und ihrem Messer einen Speer, dann wateten sie in das kristallklare Wasser. Es war eisig kalt, und nach drei Minuten fühlten sich ihre Beine an, als würde sie jemand mit tausend Nadelstichen bearbeiten. Abeba bibberte so sehr, dass sie mit ihrem unkontrollierten Zittern alle Fische vertrieb.

»So wird das nichts«, sagte Flo und schickte Abeba zurück ans Ufer. Dann drängten sie zu dritt einen Schwarm silbrig glänzender Fische ins flache Wasser, und Min-Hai stieß mit ihrer selbst gebastelten Harpune zu. Es gelang ihr, einen besonders dicken Fisch zu erlegen. Das ließ auf Extrapunkte hoffen!

Hier vor Ort am Bergsee ergab nun auch der nächste Hinweis auf der Pergamentrolle einen Sinn: *Suche das »W«, wähle das mittlere Dreieck – dies ist deine Richtung. Gib die Beute beim alten Senner ab.*

Flo zeigte zu der Bergkette hinter dem gegenüberliegenden Ufer. »Da! Die Gipfel haben die Form eines ›W‹!«

»Gut!«, rief Pina. »Laufen wir auf die mittlere Bergspitze zu. Irgendwo werden wir auf eine Sennerhütte stoßen.«

Sie schlüpften in ihre Jogginghosen und eilten weiter. Allerdings verstellte ihnen nach einer halben Stunde eine Steilwand den Weg. Flo freute sich über diese Herausforderung. Senkrechte Felswände waren ihre Spezialität. Da gewann sie mit ihrer Schnelligkeit immer wertvolle Minuten – und somit Punkte. Doch gerade als sie ihren ersten Anker in den Stein geschlagen hatte, durchbrach ein lautes Dröhnen die Stille der Bergwelt. Flo fuhr herum. »War das etwa ...«

Pia nickte besorgt. »Das Notrufhorn!«

Min-Hai riss panisch die Augen auf. »Beim Chopsuey meiner Großmutter! Das ist ja noch nie passiert!«

Im selben Moment spürte Flo wieder das merkwürdige Grummeln im Bauch – und diesmal war es schlimmer als nach Pinas Traum und heftiger als bei Charlys Auftritt im Speisesaal. Es war, als hätten all die beunruhigenden Ge-

fühle der letzten Tage nur eine kleine Pause gemacht, um sich jetzt zu einem riesigen, gemeinen Klumpen in ihrem Inneren zu verbünden! Sie gab sich alle Mühe, gefasst zu wirken, doch als sie zu Pina sah, die plötzlich so fahl wie die schneebedeckten Gipfel war, wurden ihr die Knie weich.
»Könnte es sein, dass jemand den Fehlalarm auslöst, um sich einen Vorteil zu verschaffen?«, fragte Abeba.
Min-Hai schüttelte den Kopf. »Das würde niemand wagen! Oder?«
Flo antwortete nicht. Mit zittrigen Fingern zog sie die Pergamentrolle aus ihrem Rucksack. »Es gibt drei Notfallpunkte ...«, sagte sie und rollte das Papier auf. »Der nächste muss ... hier sein!« Sie tippte auf eine grüne Fläche.
»Kommt!«, sagte Pina, und bevor Abeba und Min-Hai noch ein Wort sagen konnte, stürzten Flo und Pina los.

Kapitel Sieben

Der Notfallpunkt lag in einer kleinen Senke hinter einer Bergkette. Als Flo, Pina, Min-Hai und Abeba den letzten Kamm überstiegen hatten, blickten sie von oben auf eine aufgeregt durcheinanderwuselnde Menge. Wie ein Ameisenhaufen, in den jemand einen Stein geschleudert hat, dachte Flo. Im selben Moment wurde sie von einer Schülerin entdeckt – und dann geschah etwas höchst Merkwürdiges: Ein Raunen ging durch die Menge. Immer mehr Mädchen drehten sich um und starrten hinauf. Mit klopfendem Herzen stolperte Flo den Berg hinunter.

Wie von einer unsichtbaren Hand geführt, wichen die Mädchen zurück und bildeten eine Gasse, die geradewegs auf die Direktorin zuführte. Flos Herz hämmerte. Sie wollte zu Petronova rennen, aber ihre Füße lösten sich nicht vom Boden, als steckten sie in einer viel zu schweren Ritterrüstung. Da stand plötzlich Pina neben ihr und schob sie sanft, aber bestimmt durch die Menge nach vorn. Jetzt erst bemerkte Flo hinter der Direktorin eine Schülerin. Sie saß auf einem Baumstumpf und war in eine Decke gehüllt. War das Charly? Im selben Moment drehte sich Petronova herum.

»Florence Orkney!«
Flo konnte sich nicht erinnern, dass die Direktorin sie jemals mit ganzem Namen angesprochen hatte. Und da war noch etwas. Etwas, das Flo noch nie in ihrem Blick gesehen hatte: In Petronovas dunklen Augen blitzte so etwas wie Sorge auf. Flo schnürte sich der Hals zu.
»Deine Schwester ist verschwunden.«
»Was ...?« Flo sah die Direktorin verwirrt an, und im ersten Moment war sie nicht sicher, ob sie jetzt erleichtert oder noch beunruhigter sein sollte. Immerhin schien Charly ja nicht schwer verletzt oder verwundet. »Was ... Was meinen Sie mit *verschwunden*?«
Nun schlug das Mädchen hinter Petronova die Decke zurück. Es war Blanca. Verzweifelt schaute sie auf. »Ich weiß nicht, wie es passieren konnte. Es war an der zweiten Kletterstation. Ich stand oben und habe ihr Seil gesichert – Charly wollte losklettern, plötzlich gab das Seil nach – und als ich über den Felsrand guckte, war sie weg!«
»Niemand ist einfach weg!« Flos Stimme klang wie ein heiseres Krächzen.
Nun drängelte sich Mette aus einem Pulk Drittklässler. Ihre Augen waren verheult, und kaum dass sie zu sprechen begann, kullerten ihr schon wieder Tränen die Wangen hinunter. »Wir haben sofort gesucht und gerufen, ehrlich! Aber nirgends ...« Jetzt kam nur noch Schluchzen.
Flo schüttelte ungläubig den Kopf. »Aber Charly kann doch nicht einfach verschwinden!«
»Natürlich nicht!«, versuchte Petronova, sie zu beruhigen. »Herr Richter startet gleich mit einer Gruppe Oberstufen-

schülerinnen die Kamera-Drohnen und sucht das Gebiet aus der Luft ab. Außerdem ist die Reiterstaffel unterwegs.«

»Können Sie uns die Stelle zeigen, wo Charly das letzte Mal gesehen wurde?«, mischte sich nun Pina ein.

Petronova überlegte kurz, dann nickte sie. Schließlich war Pinas besondere Gabe im Spurenlesen allgemein bekannt.

»Komm«, Pina nahm Flo am Arm und zog sie mit sich. Dann schaute sie über die Schulter und befahl Blanca: »Und du kommst auch mit!«

Petronova öffnete die Tür eines Schul-Jeeps. Wie betäubt kletterte Flo auf die Rückbank. Seit sie den Notfallpunkt erreicht hatte, fühlte sie sich, als würde sie sich selbst in einem Film zusehen. Nur dass sie keine Pause-Taste drücken oder zurückspulen konnte. Dann hätte sie nämlich auf ihr komisches Rumoren im Bauch gehört und ihrer kleinen Schwester schlichtweg verboten, mit Blanca in ein Team zu gehen! Dann hätte sie selbst auf diese kleine Nervensäge aufgepasst! Flo ließ den Kopf gegen die kühle Fensterscheibe fallen. Wie hatte sie nur all die warnenden Hinweise so achtlos beiseitewischen können?!

Die Kletterwand, an der Charly das letzte Mal gesehen worden war, lag über einem steinigen Grund. Von dort aus hätte sie in alle Richtungen verschwinden können, ohne eine Spur zu hinterlassen.

Blanca deutete auf das Seil, das immer noch einsam von der Felskante baumelte. »Nachdem Charly eingeklinkt war, bin ich oben von der Kante zurückgetreten. Ich habe angezogen, aber plötzlich gab das Seil keinen Widerstand mehr.

Ich habe gerufen, dreimal. Dann habe ich Mette zur Kante geschickt. Als Mette gesagt hat, dass Charly weg ist, konnte ich es erst nicht glauben. Wir dachten, dass sie vielleicht mal muss, und haben gewartet. Es war ja auch nichts vorgefallen. Kein Streit oder so. Charly war nicht sauer oder beleidigt ...«

Flo funkelte Blanca an. »Meine kleine Schwester nervt vielleicht manchmal – aber niemals würde sie die beleidigte Leberwurst spielen und ihr Team im Stich lassen. Sie würde sich auch niemals ohne Absprache in die Büsche schlagen! Wir stammen aus einer Familie von Rittern. Klar?«

In dem Moment ertönte aus der Luft ein leises Surren. Flo legte den Kopf in den Nacken. Wie riesige Insekten schwirrte eine Gruppe schwarzer Drohnen über den Himmel.

»Flo!« Pina, die sofort begonnen hatte, nach Spuren zu suchen, winkte sie eilig zu ein paar Bäumchen am Waldrand. Flo ließ Blanca stehen und rannte zu ihrer Freundin.

»Guck dir das an«, Pina deutete auf ein paar frisch abgeknickte Zweige. »Hier!« Mit zwei Fingern fasste sie ein Ästchen, das tief auf den Boden hing. »Hier sind Blätter abgestreift, als wenn sich jemand festgeklammert hätte, der weggezogen wurde.«

Flo wurde eng im Hals. »Du meinst, Charly wurde gegen ihren Willen mitgenommen? Sie hat versucht, sich zu wehren und ...?«

Pina nickte und tippte auf das letzte Stück des zarten Zweiges, an dem wieder ein paar Blättchen hingen. »Hier wird der Griff schwächer, die Kraft lässt nach.«

Flo schlug die Hände vor die Augen. Die Vorstellung einer

sich verzweifelt wehrenden Charly war einfach zu furchtbar! Pina strich ihr über das Haar und drückte sie an sich. »Es tut mir so leid. Ich weiß nicht, wie ich den Traum so falsch deuten konnte – so etwas ist mir noch nie passiert!«

»Schon gut.« Flo machte sich tapfer los. »Siehst du sonst noch etwas?«

Pina legte sich bäuchlings auf den Boden und betrachtete die Tannennadeln, die wie ein weiches Polster den Boden bedeckten. »Jemand hat die Spuren verwischt. Siehst du das? Von Natur aus wären die Nadeln nie so angeordnet. Die waren vorbereitet und wussten genau, was sie taten.«

»Das ist alles ihre Schuld!« Flo zeigte auf Blanca. »Die aufgeschlitzten Seesäcke, diese komische Münze ...« Flo war jetzt so außer sich, dass sie brüllte. »Und nun die Entführung! Das hat alles mit *der* zu tun!«

Mit schnellen Schritten kam Direktorin Petronova herangeeilt. »Florence! Wilde Spekulationen trüben nur unseren Blick.«

»Aber warum sonst sollte irgendjemand Charly entführen?«, rief Flo völlig außer sich. »Es gibt an unserer Schule Mädchen mit reicheren Eltern und ...«

»Solange eine Entführung nur eine Vermutung ...«

»Vermutung?!«, fiel Flo der Direktorin ins Wort. »Gucken Sie sich das doch an!«

Pina deutete auf die Ästchen am Boden. Petronova beugte sich hinunter. Dann murmelte sie etwas, das wie *»Dilettanten«* und »Wie kann man nur so blind sein!« klang und zog ein Funkgerät aus der Tasche. In knappen Worten ordnete sie an, dass alle Mädchen auf der Stelle ins Internat zurück-

kehren sollten. Zusätzlich sollten am Außen- und Innentor Wachen aufgestellt werden.
Als sie das Gespräch beendet hatte, drehte sie sich zu Flo, Pina und Blanca. »Das gilt auch für euch.«
»Nein!«, rief Flo. »Ich gehe nirgendwohin!«
»Florence, die Lehrkräfte durchkämmen das Gebiet. Aaron ist mit der Reiterstaffel unterwegs. Solange wir nicht wissen, was hier los ist, möchte ich euch in Sicherheit wissen!«
Durch das Nadelgehölz hörten sie nun hämmernde Hufschläge.
»Die Reiterstaffel!« Für eine Sekunde schöpfte Flo Hoffnung, doch als sie Aaron mit finsterer Miene um die Biegung galoppieren sah, wusste sie, dass seine Eile nichts Gutes zu bedeuten hatte.
»Wir haben Reifenspuren entdeckt, auf der Nordseite des Bergmassivs«, rief er und kam atemlos mit seinem Araber vor Petronova zum Stehen. »Es muss ein Geländewagen gewesen sein. Groß und schwer, wie ihn die Bergwacht benutzt. Aber die sind diese Strecke heute nicht gefahren.«
Petronova sog mit einem Zischlaut die Luft zwischen ihren Schneidezähnen hindurch. »Verfolgt die Spuren, so weit ihr könnt. Das Notfall-Spezial-Team soll zusammenkommen, und ich will sofort alle Oberstufenschülerinnen mit kriminalistischen Talenten vor Ort haben. Außerdem müssen die Drohnen mit Wärmebildkameras ausgerüstet werden!«
Dann wand sie sich Flo zu. »Ich tue alles, was in meiner Macht steht, um deine kleine Schwester zu finden. Sobald wir eine Spur oder auch nur eine Idee haben, gebe ich dir

Bescheid. Und bitte lass *mich* deine Eltern informieren, ja?« Dann fasste sie Flo ans Kinn und sah ihr in die Augen. »Zeige die Haltung, die ich von einer Schülerin des Matilda-Imperatrix erwarte.« Und plötzlich, völlig unerwartet, strich sie Flo zart und liebevoll über die Wange. Verwirrt sah Flo auf, doch da hatte Petronova schon wieder ihren strengen Blick aufgesetzt. Und so nickte Flo tapfer, auch wenn ihr zum Heulen zumute war.

Im Internat waren die Gänge und Treppenhäuser wie leer gefegt. Alle Schülerinnen waren im Speisesaal versammelt, und selbst von dort war kaum ein Laut zu hören. Die meisten Lehrer hatten sich den Suchtrupps angeschlossen, und die wenigen, die im Internat geblieben waren, kümmerten sich um die aufgelösten Mädchen aus den unteren Jahrgängen.

»Möchtet ihr lieber auf eure Stube gehen und dort essen?«, fragte Madame Maseleige, die sie im Kreuzgang in Empfang nahm.

»Ich glaube, das wäre gut«, entschied Pina.

Madame geleitete sie bis zur Zimmertür und fragte mit einem besorgten Blick auf Blanca und Flo: »Kann ich euch wirklich allein lassen?«

Beide nickten stumm.

»Kann ich sonst noch etwas für dich tun, Florence? Möchtest du vor dem Essen vielleicht einen Tee? Oder ein paar Kekse?«

Flo schüttelte den Kopf. Ihr war nach gar nichts zumute – außer vielleicht nach einem nervigen »Tschau-Kakao!« ihrer

kleinen Schwester. Stumm tappte sie ins Zimmer und ließ sich auf die Bettkante plumpsen.
Pina setzte sich neben sie und legte ihr den Arm um die Schultern. Blanca schloss die Tür. Sie horchte, bis sich die Schritte von Madame Maseleige entfernt hatten, dann hob sie verzweifelt die Arme und sagte: »Ich kann ehrlich nichts dafür. Das war ein Missverständnis!«
Flo hob den Kopf. »Miss-ver-ständ-nis?!« Sie sprang auf. »Es geht hier nicht um einen kleinen Irrtum! Oder irgendeine Fehldeutung! Es geht hier um das Leben meiner kleinen Schwester! Kapierst du das endlich?!«
»So meinte ich das doch nicht«, murmelte Blanca niedergeschlagen. »Ich wollte damit nur sagen: *Ich* sollte gekidnappt werden – nicht Charly.«
Flo starrte sie an. »Was sagst du da?!«

Kapitel Acht

Blanca ließ sich auf die Kante ihres Himmelbetts fallen. »Also … Wo fange ich am besten an …«

»Am besten von vorn!«, fauchte Flo, die wie ein angeketteter Tiger im Zimmer auf und ab ging.

»Gut …« Blanca suchte nach Worten. »Charly hat gestern das Tattoo an meinem Hinterkopf geseh…«

»Wissen wir«, unterbrach Pina.

»Okay. Heute Morgen, bevor es losging, hat sie sich dasselbe Tattoo von Mette mit einem Filzstift auf die Kopfhaut malen lassen. An der gleichen Stelle wie ich. Versteht ihr?«

»Nein«, Flo war ganz schlecht vor Sorge, und das Letzte, was sie gebrauchen konnte, waren irgendwelche blöden Rätsel!

Blanca verdrehte die Augen. »Mensch! Ist doch klar: Die Entführer dachten, Charly sei ich!«

Flo wollte schon explodieren, doch Pina wedelte besänftigend mit den Händen und fragte ganz ruhig: »Und wieso glaubst du, dass *dich* irgendjemand entführen wollte?«

»Wegen des Schatzes.«

»Was für ein Schatz?!« Flos Stimme war laut geworden, und Blanca legte panisch einen Finger auf die Lippen. »Pscht!«

»Was für ein Schatz?«, wiederholte Flo leise, aber nicht minder scharf.
»Krabbenkacke noch mal!« Blanca ballte die Fäuste. »Ich bin an dieser Schule, weil hier irgendwo unser Familienschatz liegt. Oder wenigstens der Schlüssel dazu.«
»Krabbenkacke?«, wiederholte Pina baff.
»Ja, zum Holzbein«, fluchte Blanca. »Wisst ihr eigentlich, wie anstrengend es ist, die ganze Zeit das brave Mädchen zu spielen?!«
»Das interessiert mich jetzt überhaupt nicht«, unterbrach Flo. »Ich will lieber wissen, warum meine kleine Schwester verschwunden ist und was du und dieser Schatz damit zu tun haben!«
»Das versuche ich ja die ganze Zeit zu erklären!«, wetterte Blanca.
»Bei Sturm sollte man kein Feuer entfachen.« Pina stellte sich zwischen die beiden. »Also kommt runter und zähmt eure Zungen!«
Blanca pustete aus. »Gut. Dann fange ich mal ganz von vorn an ... Seit ein paar Hundert Jahren haben wir einen Familienschatz. Henry Morgan hat ihn ...«
»Henry Morgan?!«, rief Flo.
»Pscht«, machte Blanca.
»Henry Morgan?«, flüsterte Flo. »Der berühmte Pirat?«
Blanca hob einen Finger. »Freibeuter im Namen Ihrer Majestät und Vize-Gouverneur von Jamaika! Klar?«
Nun bekam Pina große Augen. »Du stammst aus einer Familie von Piraten?«
»Freibeutern«, verbesserte Blanca.

»Ich will jetzt endlich wissen, was das alles mit Charly zu tun hat!«, brauste Flo auf.

»*Du* fällst mir doch ewig ins Wort!«

»Bitte!« Flo hob die Hände.

»Henry Morgan vererbte diesen Schatz an seine uneheliche Tochter mit der Vorgabe, ihn in Zukunft immer von der Mutter an die erstgeborene Tochter weiterzuvererben. Das ging so bis Ende des neunzehnten Jahrhunderts. Dann gab es irgendwelche Unruhen, Kriege, was weiß ich, und eine meiner Vorfahrinnen hat ihn hier vergraben, versteckt, eingemauert – keine Ahnung. Von da an wurde nur noch ein Rätsel weitervererbt, so eine Art gedichtete Anleitung, wie man den Schatz finden kann.«

»Und?«, drängte Flo.

»Ich mache es doch schon so kurz wie möglich«, stöhnte Blanca. »Also, vor ungefähr hundert Jahren, als meine Ururoma das Rätsel an meine Uroma weitergegeben hat, muss deren jüngere Schwester an der Tür gelauscht haben. Sie hat das Rätsel selbst nicht verstanden, aber sie wusste von da an, dass der Schatz hier im Internat liegt. Tja, und dann, nach dem Tod der Ururoma, gab es Streit. Die Schwester von meiner Uroma wollte die Hälfte abhaben.«

Flo riss aufgebracht die Arme in die Luft. »Und?!«

»Seitdem ist die Familie entzweit. Meine Uroma wollte den Schatz heben und neu verstecken. Aber das ist ihr nicht gelungen. Meine Oma ist ebenfalls gescheitert, und meine Mutter ist gar nicht erst hier an der Schule angenommen worden. Jetzt liegt es an mir.«

»Und diese andere verfeindete Familienseite hat die ganze

Zeit nur darauf gewartet, dich zu entführen, um mit deinem Wissen den Schatz zu finden?«, fragte Pina.
Blanca seufzte. »So sieht es wohl aus.«
Flo schloss die Augen. Es war nur eine Frage der Zeit, bis diese Entführer merkten, dass Charly die Falsche war und ihnen für die Schatzsuche überhaupt nichts nutzte. Was würden sie dann mit ihr tun?! Mit bebender Stimme fragte sie: »Was sind das für Leute?«
Blanca hob ratlos die Schultern. »Keine Ahnung. Sie haben ihren Namen gewechselt. Genau wie wir. Keiner will ja von den anderen erkannt werden. Es gibt Gerüchte, dass sie als Segelmacher und Betrüger in einer alten Schaluppe von Hafen zu Hafen schippern.«
Pina drehte nachdenklich ihren schwarzen Zopf um den Finger. »Aber wenn die mit einem Schiff unterwegs sind – wie sind die dann hier ins Internat gekommen?«
»Genau!«, sagte Flo. »Woher wussten die von den Geländespielen? Und bestimmt haben sie doch auch die Seesäcke aufgeschlitzt, oder?«
Blanca seufzte. »Ich kann nur vermuten, dass sich hier irgendjemand eingeschlichen hat. Oder sie haben an der Schule einen Verbündeten. Oder sie erpressen jemanden. Ich trau denen alles zu.«
Flo sah sie zornig aus schmalen Augen an. »Und trotzdem hast du Charly in deine Gruppe aufgenommen und in Gefahr gebracht!« Sie war jetzt so außer sich, dass sie sich am liebsten auf Blanca gestürzt und sie geschüttelt hätte. »Du hast doch gewusst, dass so etwas passieren würde!«
Pina hielt ihre Freundin schnell an beiden Armen fest und

sah ihr in die Augen. »Flo! Bis vor ein paar Stunden hat Blanca gedacht, dass die nicht wissen, wer sie ist! Denn sonst hätten die ja nicht wahllos elf Seesäcke aufgeschlitzt, sondern ganz gezielt *ihr* Gepäck durchwühlt, um einen Hinweis auf den Schatz zu finden.«

Flo machte sich los und schleuderte Blanca einen wütenden Blick entgegen.

»Trotzdem. Sie hat Charly mit diesem dämlichen Tattoo losziehen lassen. Damit hat sie sich selbst aus der Schusslinie gebracht und …«

»Ich würde den Entführern den Schatz sofort geben, wenn sie dafür deine kleine Schwester freilassen!«, fiel Blanca Flo ins Wort.

Und jetzt musste selbst Flo zugeben, dass Blanca ernsthaft verzweifelt aussah. Trotzdem forderte sie kühl: »Schwöre!«

Blanca streckte den Rücken durch und hob den Kopf. »Sofort und auf der Stelle würde ich den Schatz gegen das Leben und die Freiheit deiner kleinen Schwester tauschen! Wir Freibeuter haben einen Ehrenkodex. Auf unser Wort ist Verlass. Schließlich waren wir die Ersten, die …«

In dem Moment unterbrach das Schrillen von Flos Handy ihre Worte.

Flo riss die Schranktür auf und zog das Telefon aus einer Schublade. »Hallo?«

»Flo?«, klang Charlys verzagte Stimme aus dem Telefon.

»Charly! Wo bist du? Geht es dir gut?« Flo drückte auf die Lautsprechertaste, damit die anderen mithören konnten.

»Ich weiß nicht, wo ich bin. Sie denken, ich wäre …«

»… Blanca, ich weiß.«

»Sie reden ständig von einem Schatz!«
»Sag ihnen, dass sie den Schatz bekommen«, mischte sich nun Blanca ein. »Unter der Bedingung, dass dir nichts passiert!«
»Hast du das gehört, Charly?«, rief Flo – doch jetzt drang nur noch ein Knistern aus der Leitung. Dann fragte eine heisere Frauenstimme: »Wann?«
Flo hielt Blanca das Telefon hin.
»Wir brauchen Zeit – etwa ...«
»48 Stunden«, fiel ihr die Frau ins Wort. »Dann übergebt ihr uns den Schatz. Keine Polizei, keine weiteren Mitwisser – sonst seht ihr das Mädchen nie wieder. Ihr hört von uns.«
Bevor Blanca ein weiteres Wort sagen konnte, knackte es in der Leitung, und das Gespräch war beendet. Dafür blinkte eine Nachricht auf. Flo klickte sie an, und eine Uhr erschien. In leuchtenden Digitalzahlen zeigte sie 47 Stunden, 59 Minuten und 57 Sekunden. 56 Sekunden. 55 Sekunden.
Flo, Pina und Blanca sahen sich an.
»Damit ist klar, was zu tun ist«, sagte Pina. »Bevor die Uhr abläuft, müssen wir das Rätsel gelöst und den Schatz gehoben haben.«
Blanca hob niedergeschlagen den Kopf. »Das hat in den letzten hundert Jahren keiner geschafft! Wie sollen wir das dann in nur zwei Tagen und Nächten hinkriegen?«
Pina machte sich gerade. »Weil wir zur dritt sind! Weil wir Schülerinnen des Matilda-Imperatrix sind!«
Flo stellte sich neben sie. »Außerdem haben wir keine Wahl. Legen wir los! Ab jetzt zählt jede Sekunde!«

Kapitel Neun

Die Fülle des Wissens teilen sie fein
und zeigen dir allein
nur die Hälfte der Seiten.
Achte auf die Lücke,
suche, was verboten, und öffne mit Bedacht
im dritten die Mitte, das Vierte, die Acht.

Da liegt sie im Glanze, der Marmor ganz weiß,
nimm ihre Hand und suche den Kreis.
Blicke zum Hirten, zwischen den Streben,
recke den Hals und tritt nicht daneben.
Spür's aus der Tiefe, dann weißt du sofort
des großen Rätsels zweite Antwort!

Höre bei Nordwind der Falken Geschrei,
atme den Pfefferminz, bitt'ren Salbei.
Gedenke der Taten, die brachten dich her,
kalter Raum, ganz nackt und leer.
Der blaue Kobold führt mir die Hand,
das Feuer zeigt es auf weißer Wand.
Des Sommers hohe Sonne weise
nun den letzten Teil der Reise.

»So ein dämliches Rätsel habe ich in meinem ganzen Leben noch nicht gehört«, schimpfte Flo, nachdem Blanca das Gedicht auswendig vorgetragen hatte.
»Immerhin konnte bisher niemand den Schatz finden!«, schnappte Blanca ein.
»Na super!«, stöhnte Flo. »Aber vielleicht findet ihn auch überhaupt niemals irgendjemand mit dieser blödsinnigen Anleitung. Und meine kleine Schwester ...«
»Flo!« Pina legte ihr die Hand auf den Arm. »Besser weniger Donner im Munde führen und mehr Blitz in der Hand.«
Flo atmete tief aus. Pina hatte ja recht. Sie sollte lieber einen klaren Kopf bewahren. Die Angst um Charly vernebelte ihr das Hirn – und Ringstrøm hatte immer gewarnt: Betroffenheit macht blöd und blind. Darum musste sie jetzt all ihr strategisches Geschick zusammennehmen.
»Gut!« Flo drehte sich zu Blanca. »Haben wir irgendeinen Ansatz? Hat irgendeine Vorfahrin vielleicht einen Teil des Rätsels gelöst?«
Blanca schüttelte den Kopf. »Nein, meine Oma meinte nur, dass mit dem Anfang die Bibliothek gemeint sein muss.«
»Darum wolltest du unbedingt als Erstes dahin ...«, murmelte Flo, während sie in einer Schreibtischschublade wühlte. Dann zog sie einen verknickten Block hervor. »Schreib das Gedicht mal auf. Sonst kann ich nicht nachdenken.«
»Nein!« Blanca schüttelte den Kopf. »Ich dürfte es nicht mal jemandem sagen! Ihr seid die ersten Nicht-Familienmitglieder, die davon erfahren.«
»Wir sind ja auch die Ersten, die darunter zu leiden haben!«, brauste Flo wieder auf.

Pina hob die Hände. »Schluss jetzt. Los, Blanca, schreib die erste Strophe auf. Wenn wir die entschlüsselt haben, vernichten wir das Papier und machen uns an die nächste.«
Widerwillig schnappte Blanca den Stift, den Flo ihr vor die Nase hielt, und schrieb die ersten Zeilen nieder.
»Die Fülle des Wissens teilen sie fein und zeigen dir allein nur die Hälfte der Seiten ...«, murmelte Flo, als Blanca ihr das Blatt reichte. »... ja, damit könnte ein Buch gemeint sein ...«
»Aber: Achte auf die Lücke, suche, was verboten ...« Blanca sah Pina und Flo ratlos an. »Was könnte da verboten sein? Und dann diese Zahlenangaben. Die ergeben keinen Sinn! Die Bücher in der Bibliothek sind nach Themen und alphabetisch sortiert. Das war auch schon immer so. Ich habe das überprüft.«
Pina überlegte. »Es gibt fünf Galerien in der Bibliothek. Vielleicht ist mit ›im dritten‹ eine davon gemeint?«
»Aber was soll da verboten sein?«, fragte Blanca. »Wir konnten da doch überall rumlatschen!«
Flo schloss die Augen und dachte angestrengt nach, dann schoss ihr plötzlich ein Gedanke durchs Hirn. »Hey, Pina, erinnerst du dich noch an unsere allererste Führung durch die Bibliothek? In der ersten Klasse, als wir ins Lager schleichen wollten? Durch diese Tür, die mit Regalen getarnt war?«
»Als Alberto so ausgerastet ist?«
Flo nickte. »Genau. In dem Lager war eine Wendeltreppe, die nach unten führte.«
Jetzt dämmerte es Pina. »Stimmt ... Und Alberto hat irgendwas von verbotenen Büchern gefaselt.«
»Genau.«

Nun fiel Pina alles wieder ein. »Dafür hat er ordentlich Ärger von seiner Frau gekriegt! Sie hat gesagt, das wäre bloß ein Märchen. Alberto wollte uns nur Angst machen ...«
Flo stemmte die Arme in die Seite. »Aber vielleicht gibt es diese verbotenen Bücher doch?! Die Wendeltreppe ging weit nach unten, bestimmt mehrere Stockwerke ...«
Nun mischte sich Blanca wieder ein. »Ihr meint mit ›im dritten‹ könnte die dritte Keller-Etage gemeint sein?«
»Ja!« Flo sprang auf. »Kommt!«
Doch Pina versperrte ihr den Weg. »Stopp! Ihr habt gehört, was die Entführerin am Telefon gesagt hat: keine Mitwisser! Was glaubt ihr, was passiert, wenn Madame Maseleige das Abendbrot bringt und wir nicht hier sind?!« Dann deutete sie zur Tür. »Außerdem gibt es da draußen noch die zwei Schleimschnecken mit ihrem Bewegungsmelder.«
Blanca nickte. »Wir dürfen jetzt nichts Unüberlegtes tun. Charlys Sicherheit steht über allem.«
»Das sagst ausgerechnet du!«, fuhr Flo sie an und wusste im selben Moment, dass ihre Bemerkung blöd war. Aber sie war wütend und ratlos. Noch nie in ihrem ganzen Leben hatte sie sich so hilflos gefühlt. »Wir können dieses Ding ja auch nicht einfach abmontieren oder abdecken«, seufzte sie. »Cilly und Lilly haben da garantiert was eingebaut, das in so einem Fall Alarm auslöst.«
»Was wollen wir dann machen?«, fragte Blanca. »Die beiden knebeln und in einen Schrank stecken?«
Pina schüttelte den Kopf. »So lösen das vielleicht Piraten. Als Cherokee sage ich dir: Reite mit dem Wind und ruhe mit der Sonne.«

Flo sah Pina nachdenklich an. »Du meinst, wir sollten den Alarm für uns nutzen? Aber wie?«
Da klopfte es an der Tür, und Madame Maseleige trat mit einem voll beladenen Tablett herein.
»Ich wusste nicht, wonach euch der Sinn steht, da habe ich einfach von allem etwas aufgetan.« Sie stellte auf jeden Schreibtisch zwei Teller mit Schnittchen, gebratenem Fleisch, Kartoffelbrei, Pudding und Kuchen.
Flo setzte sich vor die Teller und starrte auf das Essen. Eine Fliege schwirrte durchs Fenster und zog ihre Kreise über einem Erdbeertörtchen. Mit einer unwirschen Bewegung scheuchte Flo die Fliege weg. Dummerweise konnten sie nicht einmal über einen Plan grübeln, denn Madame plapperte ohne Punkt und Komma: »Leider habe ich immer noch keine Nachrichten. Aber wenn sich bis zum Morgen nichts ergibt, wird unsere Direktorin den Geheimdienst einschalten. Hat sie gesagt. Und natürlich komme ich sofort, wenn wir irgendeine Spur haben ...« Madame Maseleige schaute besorgt in die Runde. »Ihr armen Schätze! Habt ihr keinen Appetit? Möchtet ihr vielleicht noch einen Kakao? Oder soll ich euch das Essen nachher noch mal aufwärmen ...?«
»Das ist sehr nett«, unterbrach Flo. »Können Sie nicht einfach alles hierlassen?«
»Ja, vielleicht bekommen wir später noch etwas Hunger!«, sagte Blanca, die auch nur lustlos auf ihren Tellern herumstocherte.
»Ich bringe das Geschirr anschließend in die Küche«, bot Pina schnell an, denn sie ahnte, dass Flo einen Plan hatte und Madame so schnell wie möglich loswerden wollte.

Madame nickte und wischte sich eine Träne aus dem Augenwinkel. Dann packte sie Flo an den Schultern und drückte sie an ihren mächtigen Busen. »Oh, es tut mir so leid! Deine arme, kleine Schwester. Ich werde gleich in die Kapelle gehen und für sie beten.«

Flo bekam kaum noch Luft, aber es war zwecklos, sich zu wehren: Madames Arme lagen wie Schraubzwingen um ihren Körper. Und obwohl die Lage insgesamt ziemlich schrecklich war, konnte Pina sich ein Grinsen nicht verkneifen. Es sah einfach zu komisch aus, wie Flo mit platt gedrückter Nase zwischen den beiden Brüsten der molligen Hausmutter klebte.

Endlich lockerte sie den Griff. Flo taumelte zurück und schnappte nach Luft.

»Versucht, zu schlafen, meine Engel«, schniefte Madame und eilte hinaus.

»*Engel* hat sie uns noch nie genannt«, stellte Pina trocken fest.

»Nee«, sagte Flo. »Aber ich habe eine Idee, wie wir hier rauskommen!«

Kapitel Zehn

Sie warteten eine halbe Stunde. Dann stapelte Pina die halb leer gegessenen Teller übereinander und brachte sie laut klappernd in die Küche. Anschließend klopfte sie noch kurz bei Madame im Büro und sagte, dass Flo jetzt schlafen wolle und sie nicht mehr vorbeikommen müsse. Draußen war es mittlerweile dunkel geworden, und so bemerkte auch niemand, dass Pina auf dem Rückweg einen kleinen Abstecher machte. Kurz vor dem Treppenhaus bog sie in den überdachten Gang, der zu den Naturkunderäumen führte. Auch hier war es menschenleer und ungewöhnlich still. Pina schlich zu den Laboren und Arbeitsräumen, die etwas abgelegen zwischen Wohntrakt und Gewächshäusern lagen, und huschte durch eine kleine Seitentür. Nach fünf Minuten tauchte sie mit einer Pappschachtel wieder auf.

»Hast du alles?«, fragte Flo aufgeregt, als Pina ins Zimmer zurückkehrte. Pina zog die Schachtel unter ihrer roten Wettkampfjacke hervor. Ein merkwürdiges Brummen drang durch den Pappdeckel.
»Perfekt«, sagte Flo. »Die Show kann beginnen.«

Sie öffneten ihre Zimmertür einen winzigen Spalt, gerade so, dass Pinas Hand mit der Schachtel hindurchpasste. Pina hob ganz leicht den Deckel – und mindestens zwanzig dicke Fliegen stoben hinaus. Schnell drückte Flo die Tür wieder ins Schloss. Dann lauschten sie gespannt. Wie erwartet, knallte nach zehn Sekunden die gegenüberliegende Zimmertür auf, und Cilly und Lilly stürmten auf den Gang. Sie hörten es schimpfen, rumpeln und klatschen. Anscheinend hatten die beiden Cousinen alle Hände voll zu tun, die Fliegen zu vertreiben, damit ihr Bewegungsmelder nicht falschen Daueralarm auslöste.

Pina linste durchs Schlüsselloch und grinste. »Sieht aus, als übten sie einen Indianertanz ein!«

Nach zehn Minuten wurde es wieder still. Nun ließen sie nur drei Fliegen aus der Schachtel. Doch das surrende Trio genügte, um Cilly und Lilly wieder auf den Plan zu rufen.

Dieses Spielchen wiederholten sie noch ein paar Mal, dann war endlich Ruhe, obwohl ein ganzer Schwarm Fliegen fröhlich um die Flurlampe kreiste.

»Sie haben ihren Bewegungsmelder abgeschaltet«, stellte Blanca zufrieden fest.

Schnell stopften sie ein paar Kleidungsstücke unter ihre Bettdecken, formten daraus die Umrisse ihrer Körper und löschten das Licht. Bei einem flüchtigen Blick in das dunkle Zimmer sah es jetzt so aus, als ob sie friedlich schliefen. Vorsichtig öffnete Flo die Tür. Wie erwartet, regte sich im Zimmer von Cilly und Lilly nichts mehr. Auf Zehenspitzen trippelten sie den Gang hinunter bis zum Treppenhaus. Jetzt kam der riskanteste Teil des Weges. Wenn ihnen hier jemand entgegenkam, hatten sie keine Chance, auszuweichen. So leise und schnell sie konnten, sausten sie die Stufen hinunter und kamen atemlos am Kreuzgang an. Flo linste um die Ecke. Der Säulengang war immer noch wie ausgestorben. Auf ihr Zeichen rasten alle auf die andere Seite des Gangs, sprangen über die kleine Mauer in den Innengarten – und landeten in einem frisch gedüngten Rosenbeet.

»Bäh, Pferdeäppel«, stieß Blanca aus.

»Reg dich ab«, wisperte Flo. »Hundekacke wäre schlimmer.«

Blanca wischte sich angeekelt den Mist von der Jacke, dann krabbelten sie im Schatten des alten Mauerwerks in Richtung Bibliothek. Als Flo das Gefühl hatte, sich ungefähr auf der Höhe der Eingangstür zu befinden, stoppte sie und zog einen kleinen Eisenhaken aus der Tasche.

»Ihr seid ja perfekt ausgerüstet«, flüsterte Blanca bewundernd.

»In der dritten Klasse fanden wir es ganz lustig, die Türen der Schule zu öffnen und ein bisschen Verwirrung zu stiften«, wisperte Pina. »Herr Richter und Mrs Röntgen haben sich regelmäßig in die Haare bekommen, weil sie sich gegenseitig beschuldigten, das Exploratorium nicht abgeschlossen zu haben.«

Flo legte einen Finger auf die Lippen und kletterte über die Mauer zurück in den Kreuzgang. Pfeilschnell schoss sie zu der alten Pforte und steckte den Eisenhaken in das Schloss. Sie drehte den Haken nach rechts, drückte ihn noch etwas tiefer hinein, drehte weiter – und die Tür sprang auf. Nun hopsten auch Pina und Blanca aus ihrem Versteck und schlüpften hinter Flo in die düstere Bibliothek.

Die Finsternis umhüllte sie wie ein schwarzer Mantel. Es dauerte mehrere Minuten, bis sich ihre Augen an die Dunkelheit gewöhnt hatten und sie die Lesetische in der Mitte des Raums erkennen konnten. Irgendwo dahinter lagen der Ausgabetresen und die geheime Tür – und leider auch der Eingang zur Wohnung der Libros. Flo lauschte. Sie mussten superwachsam sein. Die Signora war zwar etwas schwerhörig, aber Alberto hatte Ohren wie ein Luchs. Außerdem traute sie ihm zu, dass er zwischen seinen geliebten Büchern auf einem Regalbrett schlief, damit sie sich nicht so allein fühlten.

Zaghaft streckte sie die Arme aus und tastete sich langsam zwischen den Lesetischen hindurch, bis sie die hölzerne Theke erreichte. Nacheinander tauchten sie unter der Klappe hindurch. Hier, im hinteren Bereich, musste der getarnte Eingang zum Lager sein. Flo strich an den Regalen entlang und fühlte eine kleine Kante. »Hier ist die Tür«, wisperte sie. Nun steckte sie ihre Hand zwischen die Regalbretter und suchte eine Klinke oder irgendetwas, mit dem man den geheimen Durchgang öffnen konnte. Doch da war nichts! Plötzlich zupfte etwas an Flos Hosenbein. »Ich hab was«, hauchte Blanca, die auf dem Boden hockte. »Ein Druckmechanismus. Typisch für Geheimtüren von früher.«

Im selben Moment sprang die Tür mit einem gewaltigen Ruck auf. Vor Schreck hüpften die Mädchen einen Meter zurück, und Pina konnte gerade noch ein Buch auffangen, das sonst polternd zu Boden gefallen wäre. Flo hielt den Atem an. Wenn die Libros sich gerade in der Nähe des Lagers befanden, dann waren sie jetzt verloren!

Doch wie durch ein Wunder rührte sich nichts. Das Einzige, was durch die Öffnung in die finstere Bibliothek drang, war der schwache, bläuliche Schein eines Fernsehers und leise, kitschige Musik. Plötzlich beteuerte eine aufgelöste Frauenstimme: »Oh, ich liebe doch nur dich, immer nur dich, mein Leben lang!« Pina pustete erleichtert aus. Signora Libro glotzte mal wieder eine ihrer geliebten Serien! Sie verpasste keine Folge. Das wusste jeder, weil sie sich immer lautstark mit der Kräuterkundelehrerin über die neusten Liebesdramen austauschte.

»Mehr Glück als Zinnen an der Burgmauer«, flüsterte Flo.

Pina nickte, stellte das Buch zurück und spähte in das Lager. Etwa zehn Meter von ihnen entfernt, in der Mitte des großen, vollgerumpelten Raums, führte die Wendeltreppe hinunter – und genau gegenüber von ihnen befand sich die Tür zur Wohnung der Libros. Die war Flo damals gar nicht aufgefallen. Wahrscheinlich, weil sie geschlossen gewesen war. Aber nun stand sie weit offen und gab den Blick auf einen schmalen Flur frei. An den Wänden hingen Marienbilder und Wimpel des AC Mailand – und ganz am Ende, hinter einer Milchglasscheibe, flimmerte schemenhaft der Fernseher. Sie konnten nur hoffen, dass es jetzt keine Werbepause gab oder die Signora aufs Klo musste!

Pina nickte Flo und Blanca zu, holte tief Luft und huschte ins Lager. Zwischen einem Meer aus Kartons und Kisten schlängelte sie sich zu der schmiedeeisernen Wendeltreppe und glitt lautlos wie ein Geist die Stufen hinab. Dann folgte Blanca. Flo wartete, bis auch sie in dem runden Loch nach unten verschwunden war, dann schob sie sich durch den

Spalt, drückte die Klinke herunter und zog die Tür behutsam ins Schloss. Auf Zehenspitzen schlich sie auf die Wendeltreppe zu – als plötzlich die Wohnzimmertür der Libros aufflog. In letzter Sekunde duckte sich Flo hinter eine Kiste, da schlurfte auch schon Alberto in den Flur. Flo hörte ein Räuspern – und dann war es still. Der kleine Mann schien sich keinen Millimeter mehr zu rühren. Flo spürte förmlich, wie sein Blick auf die Lagertür geheftet war. Hatte sie irgendeine Spur hinterlassen? Gab es ein Zeichen, eine Veränderung, sobald man die Tür öffnete? Ihr Atem ging schneller. Sie hatte das Gefühl, dass Alberto jetzt direkt auf den Karton starrte, hinter dem sie sich versteckt hielt. Nun kribbelte es auch noch in ihrer Nase!

»Alberto!«, trällerte da die Stimme der Signora. »Komm schnell! Es wird grad richtig spannend.«

Doch Alberto antwortete nicht.

Flos Herz hämmerte wie verrückt, und das Nasenkribbeln wurde immer schlimmer!

»Hach, nein!«, quietschte die Signora. »Das Kind der Opernsängerin ist gar nicht von dem Fabrikbesitzer, sondern von dem schönen Arzt, aber der hat sich jetzt mit der Krankenschwester verlobt! Schnell, das darfst du nicht verpassen!«

Flo legte ihre Zunge vor die Schneidezähne – das war das einzige Mittel gegen Niesen, das sie kannte. Aber jetzt kitzelte es, als würden kleine Igel in ihrer Nase Schlittschuh fahren! Sie konnte es kaum mehr aushalten!

Da brummelte Alberto etwas Unverständliches und machte kehrt. Flo presste die Hände auf Mund und Nase. Sie schaffte es, den Nieser noch genau so lange zurückzuhalten, bis die

Wohnzimmertür wieder zuklappte – dann brach er heraus. Zum Glück hatte im Fernsehen gerade laute, dramatische Musik eingesetzt. Wahrscheinlich war der schöne Arzt gegen einen Laternenmast gefahren, oder der Fabrikbesitzer hatte sich an einem Stück Schinken verschluckt. Flo wischte sich mit dem Ärmel über die Nase und lugte noch einmal an der Kiste vorbei. Als nichts Verdächtiges zu sehen war, sauste sie zur Wendeltreppe und eilte die Stufen hinunter, bis das schwarze Loch sie ganz und gar geschluckt hatte.
Stufe für Stufe tastete sie sich voran. Endlich hörte sie Atemgeräusche. »Pina? Blanca?«
»Wo warst du?«, wisperte Blanca vorwurfsvoll.
»Alberto stand plötzlich im Flur. Aber er hat nichts gemerkt«, flüsterte Flo. »In welchem Stockwerk sind wir?«
»Wir müssen gleich die Tür des zweiten Tiefgeschosses erreichen«, zischelte Pina. »Können wir die Grubenlampen anstellen?«
»Noch nicht«, flüsterte Flo, zog ihre Lampe aber vorsorglich schon mal aus der Tasche.
Vorsichtig trippelten sie weitere zwanzig Stufen hinab. Dann blieb Pina stehen.
»Hier ist die Pforte zur dritten Keller-Etage.« Sie drückte gegen das raue Holz. Dicht aneinandergedrängt, schoben sie sich in den stockdunklen Raum. Flo sah jetzt nur noch Schwarz. Nicht das übliche Nachtschwarz, an das sich die Augen irgendwann gewöhnen, sondern das absolut undurchdringliche Schwarz. Sie konnte nicht einmal erahnen, wie groß der Raum war. Oder ob er leer oder mit Gerümpel gefüllt war. Es war so still, dass es in ihren Ohren rauschte.

Mit jedem Atemzug sog sie den Geruch von Staub und altem Papier ein. Zaghaft streckte sie die Hände aus und machte zwei Schritte vorwärts. Plötzlich ertastete sie etwas, das ihr das Blut in den Adern gefrieren ließ. Ihre Finger steckten in einem haarigen Etwas! Einem ... schmierigen, filzigen ... Bart! Flo musste die Lippen zusammenpressen, um nicht laut aufzuschreien. Sie wagte nicht, sich auch nur einen Millimeter zu rühren. »Schaltet das Licht an«, keuchte sie zwischen den Zähnen hindurch und kniff gleichzeitig die Augen zusammen, weil sie Angst hatte, beim Anblick ihres Gegenübers in Ohnmacht zu fallen.

Kapitel Elf

Der Strahl der Taschenlampe flammte auf – und allen dreien entfuhr ein erstickter Laut. Direkt vor Flo stand ein vierschrötiger, bärtiger Kerl – aus Wachs. Die Figur wirkte so lebensecht, dass Flo für eine Sekunde glaubte, sie zwinkere ihr zu! Doch das war nur das Flackern von Pinas Taschenlampe.

»Monster-Schock!«, stöhnte Flo und zog ihre Finger aus dem ekeligen Bart.

»Was ist das denn für ein komischer Knabe?«, fragte Blanca angewidert.

»Das klären wir ein andermal«, unterbrach Flo und wischte sich die Hände an ihrer Leggings ab. »Jetzt müssen wir das Rätsel lösen.«

Langsam schwenkten sie die Strahlen ihrer Taschenlampen durch den Raum. Er war kreisrund, so als hätte jemand einen Turm in die Tiefe gebaut. Um sie herum ragten hohe, alte Bücherregale bis an die niedrige Decke. Sie waren gleichmäßig angeordnet und führten sternförmig von ihnen weg.

»Okay. Gehen wir mal davon aus, dass mit der ›Drei‹ der dritte Stock nach unten gemeint ist«, stellte Flo fest. »Wie ging das Rätsel weiter?«

»... die Mitte, das Vierte, die Acht«, sagte Blanca.
»Also suchen wir jetzt die Mitte ...« Pina drehte sich um die eigene Achse. »Aber so, wie die Regale angeordnet sind, gibt es kein mittleres. Wenn man es genau nimmt, ist die Wendeltreppe die Mitte.«
»Sind die Regale nummeriert?«, fragte Blanca.
Pina leuchtete ein paar Regale von oben nach unten ab. »Leider nein.«
»Wie viele Regalreihen gibt es denn überhaupt?«, fragte Flo und begann zu zählen. »Dreißig«, stellte sie dann enttäuscht fest. »Da gibt es auch keine richtige Mitte ...«
»Warte mal!«, rief Pina plötzlich und leuchtete in einen Gang zwischen zwei Regalreihen. »Dahinten, am Ende! Guckt mal!«
Flo und Pina kamen näher, und jetzt entdeckten auch sie im schummrigen Licht am Ende des Gangs ein halbhohes Zwischenbord.
»Vielleicht ist das mit ›Mitte‹ gemeint?«
»Ist so ein Zwischenregal in jedem Gang?«, fragte Blanca.
»Nachsehen!«, befahl Flo, und sie stoben auseinander.
Insgesamt fanden sie zwölf mittlere, halbhohe Regale. Doch weder in der Verteilung auf die einzelnen Gänge noch beim Inhalt konnten sie irgendeine Ordnung entdecken.
»Sieht so aus, als hätte man diese Mittelregale ohne Sinn und Verstand irgendwo hingestellt und einfach alles reingestopft, was anderswo keinen Platz mehr hat«, seufzte Flo.
Blanca schüttelte heftig mit dem Kopf. »Nein! Irgendeine Idee oder Methode muss dahinterstecken – sonst würde das doch nicht im Rätsel stehen.«

Flo zog zweifelnd eine Braue hoch. Denn woher wollte Blanca wissen, ob ihre Vorfahrin noch alle Schrauben an der Rüstung gehabt hatte? Und eins war ja wohl klar: Als Liebhaber besonderer Ordnung waren Piraten auch nicht gerade berühmt. Aber diese Kommentare verkniff sie sich jetzt lieber.

»Hier herrscht wirklich das absolute Chaos!«, schimpfte Pina, die vor einem der Mittelregale kniete. »*Q* steht neben *B*! *L* vor *G*! Was haben die sich dabei gedacht?«

»... die Mitte, das Vierte, die Acht ...«, murmelte Flo. »Vielleicht müssen wir alle Mittelregale durchsuchen und gucken, ob wir da einen Buchtitel mit dem Wort *vier* finden?« Sie marschierte in den Nachbargang und zog das erste Buch aus dem kleinen Regal. *Heißluftballons im Wandel der Zeit* entzifferte sie den vergilbten Aufdruck auf dem Buchrücken. Das nächste hieß: *Luftmangel und andere Todesursachen* und das dritte: *Taucherglocken – vom Atmen unter Wasser.*

»Hier ist nichts mit *vier*!«, rief Flo.

»Bei mir auch nicht!«, antwortete Blanca aus einem anderen Gang. »Aber ich habe hier ganz viele Bücher über Ozeane, Flüsse und Seen. Vielleicht sollten wir da mal genauer gucken? Schließlich haben meine Vorfahren ihr Leben auf dem Wasser verbracht.«

»Ich komme!« Flo rannte los. »Bei mir geht es nämlich im weitesten Sinne nur um Luft.«

»Meine Bücher heißen alle irgendwas mit Feuer«, meldete Pina.

Kaum hatte sie ausgesprochen, kreischte Blanca begeistert auf. »Das ist es!«

»Was?«, rief Pina und schoss nun ebenfalls aus ihrem Gang in den Kreis um die Wendeltreppe.
»Feuer, Wasser, Luft und Erde – die vier Elemente!«, rief Blanca. »Wir müssen die Bücher finden, die sich um *Erde* drehen. Das vierte Element!«
Sofort flitzten sie wieder auseinander und durchsuchten die übrigen Gänge.
»Gar nicht so dumm!«, raunte Flo Pina zu, als sie das Regal mit Buchtiteln wie *Wissenschaft der fliegenden Erdklumpen* und 1000 *Tricks für unterirdische Gänge* gefunden hatten. Die *Mitte* und die *Vier* waren also entschlüsselt – jetzt galt es herauszubekommen, was es mit der *Acht* auf sich hatte.
»Klar ist, dass die Zahl sich nicht unbedingt auf eine Reihenfolge oder Nummerierung beziehen muss«, fasste Flo zusammen. »Sie kann auch symbolisch gemeint sein. Also: Was fällt euch bei acht ein?«
»Hmmm ... Es gibt acht Hauptrichtungen der Windrose«, dachte Blanca laut. »Außerdem hat unser Sonnensystem seit 2006 acht Planeten.«
»Das chemische Ordnungselement mit der Acht ist Sauerstoff«, warf Flo ein. »Und in der Musik sind acht Töne eine Oktave ...«
Pina schwieg lange, dann räusperte sie sich. »Wenn man die Acht auf die Seite legt, dann ist sie das Zeichen für *Unendlichkeit* ... ein ewiger Kreislauf ohne Anfang und Ende ...«
»Wow – coole Idee«, sagte Blanca.
Flo leuchtete die Buchrücken ab, doch da war auf den ersten Blick nichts dergleichen zu entdecken. Sie ließ den Strahl noch einmal zurückschwenken und stockte bei einem ur-

alten Buch mit dem Namen *Infinitas terrae*. »Ich war ja nie gut in Latein, aber *Infinitas* – heißt das nicht Unendlichkeit?«, fragte sie und zog das Buch heraus. Mit spitzen Fingern, um ja keine Spur zu verwischen, schlug sie die alten, brüchigen Seiten auf. Doch da war nichts Ungewöhnliches zu sehen, bis auf eine dicke Staubschicht. Flo fasste das Buch am Rücken und schüttelte es. Sie hoffte so sehr, dass eine geheime Botschaft herausflattern würde – aber leider passierte auch das nicht.

»Vielleicht sollten wir es unter einem Mikroskop untersuchen«, schlug Pina vor.

»So was gab es doch damals noch gar nicht!«, stieß Flo ärgerlich aus. »Und diese Rätseltante konnte ja wohl nicht in die Zukunft blicken – sonst hätte sie gewusst, dass kein Schwein mit dieser Denksportaufgabe den Schatz findet!«

Blanca schnappte schon nach Luft, um sich richtig aufzuregen, da hob Pina die Hände und rief: »Stopp – keinen Streit mehr. Klar? Wir wollen Charly retten. Alle zusammen. Darum: Ruhe und Konzentration. Habt ihr mich verstanden?!«

Flo und Blanca nickten.

»Also, gehen wir das Rätsel noch einmal genau durch«, bestimmte Pina. »Kannst du es noch mal aufsagen, Blanca?«

»... nur die Hälfte der Seiten. Achte auf die Lücke, suche, was verboten,
und öffne mit Bedacht im dritten die Mitte, das Vierte, die Acht ...«

»Noch mal!«

»... nur die Hälfte der Seiten. Achte auf die Lücke ...«

»Stopp!« Flo sah zwischen Blanca und Pina hin und her. »*Lü-*

cke! Vielleicht müssen wir nicht etwas suchen, was da ist – sondern etwas, was *nicht* da ist!«

»Das könnte es sein!« Blanca nahm ihr das Buch aus der Hand und spulte wie bei einem Daumenkino die Blätter durch die Finger. »74, 75, 76, 79!«, rief sie triumphierend. »Es fehlen Seiten. Oder nein, sie sind zusammengeklebt!«

Pina zog ihr Bowiemesser aus dem Gürtel und löste mit einem glatten Schnitt die Blätter voneinander. Ein hauchdünnes Pergamentpapier fiel heraus. Flo streckte die Hände aus und konnte es gerade noch auffangen. Zart wie ein Schmetterling lag das Papier auf ihren Handflächen.

»Eine Karte!«, hauchte Blanca.

»Der Teil einer Karte«, verbesserte Flo. »Denn so kann man leider gar nichts mit ihr anfangen, weil nicht einmal eine Himmelsrichtung eingezeichnet ist.«

Trotzdem schöpfte sie das erste Mal seit Charlys Verschwinden wieder etwas Hoffnung. Denn selbst wenn sie nur den ersten Teil des Rätsels gelöst hatten – sie waren der Rettung ihrer kleinen Schwester ein Stück näher gekommen.

Als sie zurück auf ihr Zimmer kamen, dämmerte hinter den Bergen schon grau und müde der Morgen. Flo zog ihr Handy aus dem Schrank. Die rückwärtslaufende Uhr zeigte 37 Stunden, zwölf Minuten und drei Sekunden. Genau so lang hatte sie jetzt noch Zeit, um Charly zu retten. Pina zerriss den Zettel mit der ersten Strophe und zündete ihn im Waschbecken an. Nachdem sie die Aschereste weggespült hatte, schrieb Blanca die zweite Strophe nieder. Mit einem Gähnen las Pina vor:

»Da liegt sie im Glanze, der Marmor ganz weiß,
nimm ihre Hand und suche den Kreis.
Blicke zum Hirten, zwischen den Streben,
recke den Hals und tritt nicht daneben.
Spür's aus der Tiefe, dann weißt du sofort
des großen Rätsels zweite Antwort!«

Sie legte das Papier unter ihr Kopfkissen, und dann plumpsten alle drei auf ihre Matratzen.
»Marmor ... sie ... die Hand ... Matilda ...«, murmelte Pina und kuschelte sich in ihre Decke. »Das kann doch nur die Grabplatte in der Kapelle sein ...«
»Die Kapelle, genau!« Flo wollte sich schon wieder aufrappeln, doch ohne dass sie irgendetwas dagegen tun konnte, klappten ihre Augen zu. »Gleich ...«, dachte sie noch. »... nur kurz ausruhen, dann lösen wir gleich das nächste Rätsel und retten Charly ...«

Kapitel Zwölf

»Hey! Los! Aufwachen!« Jemand rüttelte heftig an Flos Schultern. Müde blinzelte sie in das Sonnenlicht, und ehe sie richtig wach war, hatte Blanca ihre Bettdecke weggerissen. »Ich hatte euch Ritterfräuleins irgendwie härter eingeschätzt.«

»Vorsicht, Piratenbraut!« Mit einem Satz sprang Flo von der Matratze. »Wie spät ist es überhaupt?«

»Spät genug! Wir haben noch knapp 35 Stunden, um zwei Rätsel zu lösen und den Schatz zu finden. Außerdem müssen wir in zehn Minuten beim Frühstück sein.«

Pina richtete sich auf. »Wie gehen wir vor?«

»Auf gar keinen Fall darf meine Tarnung auffliegen«, mahnte Blanca.

Pina nickte. »Stimmt. Wenn Petronova rauskriegt, dass in Wirklichkeit *du* entführt werden solltest – dann lässt sie uns nicht mehr aus den Augen.«

»Darum müssen alle, auch Min-Hai und Abeba, weiterhin glauben, dass ich das brave, leicht gestörte Mädchen bin.«

Flo rollte mit den Augen. »Das heißt, du starrst gleich wieder auf deinen Heringshappen und bist stumm wie ein Fisch?!«

»Ist doch das Klügste, oder?«, entgegnete Blanca.
»Aber so können wir nicht gemeinsam überlegen – und wir müssen jede Sekunde nutzen«, warf Pina ein. »Was haltet ihr davon: Ich gehe zu Madame Maseleige und frage, ob Flo mit mir an einem Extratisch sitzen darf, weil sie von niemandem angesprochen werden möchte. Und dann schlage ich vor, dass du auch bei uns sitzt. Denn Flo möchte nicht, dass es so aussieht, als würde sie dir die Schuld an Charlys Verschwinden geben.«
Blanca verzog das Gesicht: »Und so einen Quallen-Quatsch glaubt sie?«
Pina nickte. »Sie wird begeistert sein über unser vorbildliches, soziales Verhalten!«
Wenn Flo ehrlich war, passte ihr Pinas Plan ganz gut in den Kram. Das Letzte, was sie jetzt gebrauchen konnte, waren mitleidige Blicke und gut gemeintes Blabla. Also eilte sie mit gesenktem Kopf hinter Pina und Blanca zum Speisesaal und hätte beinahe zwei ältere Schülerinnen über den Haufen gerannt.
»Sondersitzung des Schulparlaments zur aktuellen Sicherheitslage! Ist die Schulleitung fähig, ihre Schülerinnen zu schützen?«, rief die Zehntklässlerin und drückte Flo ein Flugblatt in die Hand. »Ihr müsst alle kommen ... Oh«, unterbrach sich das Mädchen selbst. »Du bist doch die große Schwester von ... Also, tut mir echt leid ...«
Flo nickte nur und ging weiter. Was kann denn Petronova dafür, dachte sie. Und wie können die Charlys Verschwinden nur so schäbig ausnutzen, um einen Feldzug gegen die Schulleitung zu starten?! Am liebsten wäre sie wieder um-

gedreht und hätte den beiden Zettelverteilern gehörig die Meinung gegeigt! Aber dann hätten sie wahrscheinlich noch mehr Menschen angestarrt. Darum versteckte Flo sich lieber hinter einer Säule neben der Tür und wartete bis Pina mit Madame Maseleige gesprochen hatte.

Wie Pina vorausgesagt hatte, war Madame tief gerührt von dem Mitgefühl der Mädchen und wies ihnen einen Tisch in der Ecke zu, wo sonst das Hauspersonal speiste.

Flo setzte sich mit dem Rücken zum Raum. »Okay«, wisperte sie und nahm sich ein Brot vom Laufband. »Ich glaube, Pina hatte gestern Abend recht: Mit *sie*, *Marmor* und *liegt* kann nur die Grabplatte der echten Matilda gemeint sein.«

»Sonst gibt es auch keine Marmorfigur im Internat«, flüsterte Pina hinter einem Vorhang ihrer schwarzen, langen Haare zurück.

»Pass auf, die hängen schon im Müsli«, zischelte Blanca.

»Mist«, Pina zog eine lange Strähne aus der Milch und hielt ab jetzt eine Hand vor den Mund. Viele Schülerinnen konnten nämlich Lippenlesen. Wie Flo und Pina hatten sie an Petronovas Spezialkurs teilgenommen und verstanden spielend, was jemand sagte – auch wenn er am anderen Ende des Saals frühstückte.

»Mit den *Streben* müssen die Säulen dieser Marmor-Umrandung gemeint sein«, nuschelte Pina nun hinter ihren Fingern hervor.

»64 Stück, aus feinstem Carrara-Marmor«, raunte Flo.

Blanca sah beeindruckt auf.

»Wir mussten mal ein Referat darüber halten.«

»Wie praktisch«, zischelte Blanca hinter ihrem Halstuch.

»Bleibt nur noch die Frage, wie wir da unauffällig reinkommen ...«
»Florence?!« Madame Maseleige kam mit schnellen Schritten herangeeilt. »Die Direktorin möchte dich sprechen.«

Natürlich hatte Petronova keine guten Nachrichten für Flo. Sie berichtete nur, dass die Reiter und Drohnenflieger weiterhin die Berge absuchten und dass sie zur Verstärkung den Geheimdienst eingeschaltet hatte – zum ersten Mal in der Geschichte der Schule. »Deine Eltern sind informiert und werden schnellstmöglich herkommen«, schloss sie ihren Vortrag. »Wie du ja weißt, befinden sie sich gerade auf Geschäftsreise, in Neuseeland. Sie werden mindestens 48 Stunden benötigen, bis sie hier eintreffen. Gestern Nacht wollten sie dich nicht wecken. Jetzt sind sie vermutlich unterwegs zum Flughafen. Sie werden dich von einem Zwischenstopp aus anrufen.«
»Danke«, sagte Flo.
Mit einem Ruck erhob sich Petronova von ihrem Direktorinnenstuhl. Unter ihren Augen lagen schwarze Ringe, und aus ihrem sonst so streng zusammengebundenen Haar hatten sich einzelne Strähnen gelöst. Wahrscheinlich hat sie keine Minute geschlafen, dachte Flo und stand ebenfalls auf. Die Direktorin geleitete sie zur Tür.
»Sobald wir irgendeine Spur haben, gebe ich dir Bescheid. Du darfst selbst entscheiden, ob du heute am Unterricht teilnimmst oder nicht.«
Flo nickte und bemühte sich, möglichst zerknirscht auszusehen – obwohl sie am liebsten einen Luftsprung gemacht

hätte! Jetzt konnte sie den ganzen Vormittag nutzen, um das zweite Rätsel zu lösen!

»Du hast nicht etwa eine Ahnung, wo wir deine Schwester noch suchen könnten, oder?«, fragte Petronova plötzlich und fixierte Flo mit ihrem scharfen Blick.

»Was? Ich? Nein ...«, stotterte Flo. Petronova musste wirklich eine verdammt gute Spionin gewesen sein! Am besten rettete sie sich jetzt mit einer Halblüge. »Ich grübele die ganze Zeit, wie wir Charly finden könnten, aber am Ende ergibt alles keinen Sinn«, erklärte sie mit treuherzigem Blick.

»Hm«, machte die Direktorin und musterte sie streng. »Sollten deine Grübeleien plötzlich doch einen Sinn ergeben – dann weihst du mich doch ein. Oder?«

»Natürlich!« Flo war klar, dass sie jetzt irgendetwas tun musste, um das Misstrauen der Direktorin zu zerstreuen. »Ich werde am besten erst einmal zum Fechten gehen. Ich glaube, das lenkt mich ein wenig ab.«

Damit drehte sie sich um und eilte aus dem Büro. Im Rücken spürte sie noch immer Petronovas stechenden Blick.

Als Flo in der weißen Ausrüstung den Fechtsaal betrat, standen die Schülerinnen schon in zwei Reihen auf dem glänzenden Parkett und trainierten Schrittstellungen. Auf die harschen Kommandos von Mrs Smith bewegten sie sich vor und zurück, schnell und doch elegant, als handele es sich um einen besonderen, einstudierten Tanz. Zum Glück musste bei dieser Vorübung noch niemand eine Fechtmaske tragen, sonst hätte Flo ihre Freundinnen unter all den weiß

gekleideten Mädchen niemals ausmachen können. Sie entdeckte Pina und Blanca ganz links in der hinteren Reihe. Flugs reihte sie sich zwischen ihnen ein und fiel in einen tiefen Ausfallschritt.
»Und?«, fragte Pina, während sie nebeneinander in schnellen Sätzen nach vorn sprangen.
»Natürlich nichts«, zischelte Flo. »Aber sie ahnt, dass wir irgendwas am Laufen haben.«
Blanca riss den Kopf herum und vermasselte den nächsten Einsatz. »Was?«
»Gibt es dort hinten ein Problem?!«, donnerte Mrs Smith, und die gesamte Klasse kam zum Stehen. »Wir schulen mit dem Fechten nicht nur unsere Reaktionsfähigkeit und Feinmotorik, sondern auch unsere Konzentration!«
»Entschuldigung, kommt nicht wieder vor«, murmelte Blanca.
»In diesem Sport entscheiden minimalste Bewegungen über Erfolg und Niederlage. Hier geht es um mehr. Betrachten Sie meinen Unterricht also auch als eine Schule des Lebens.«
»Es ist meine Schuld, ich musste noch zu Rektorin Petronova und bin zu spät gekommen und ...«
»Florence! Es tut mir sehr leid, was mit Ihrer Schwester geschehen ist. Sie sind mit den Gedanken verständlicherweise nicht bei der Sache. In diesem Zustand werde ich Ihnen keinen Degen in die Hand geben.«
»Ich wäre froh, wenn ich mich ein wenig ablenk...«
Weiter sprach sie nicht, denn die empört hochgezogene Augenbraue von Mrs Smith machte unmissverständlich klar: Fechten, um sich abzulenken, war ungefähr so, als besuche

man die Mailänder Oper, weil man bei Musik besser einschlafen konnte.
»Verstehe«, sagte Flo und trottete Richtung Ausgang.
»Mrs Smith«, warf Pina vorsichtig ein. »Ich glaube, Flo sollte jetzt lieber nicht allein sein ...«
Mrs Smith seufzte. »Ihr seid ihre Zimmergenossinnen?«
Pina und Blanca nickten.
»Kümmert euch. Aber diese Stunde wird nachgeholt. Klar?!«
Dann drehte sie sich zur Klasse und donnerte das nächste Kommando.
»Okay«, sagte Pina, als sie Flo eingeholt hatten. »Wir haben jetzt noch genau 33 Stunden und 41 Minuten, um zwei Rätsel zu lösen, den Schatz zu heben und Charly auszulösen. Also: Schlagen wir die Schwingen mit der Kraft des Adlers.«
»Ich setze lieber die Segel!«, erwiderte Blanca.
Flo stemmte entschlossen die Arme in die Seite. »Und ich zieh mit gespitzter Lanze ins Turnier!«

Kapitel Dreizehn

Kaum waren sie durch die Tür der alten Internatskapelle getreten, umhüllte sie eine heimelige Ruhe. Kein Geräusch drang von außen durch die dicken Mauern. Hunderte Opferkerzen flackerten in den alten Leuchtern, und das wenige Sonnenlicht, das durch die hohen Bleiglasfenster fiel, warf farbige Lichtpunkte auf den Steinboden. Flo schaute andächtig hinauf. Jedes Fenster war ein Kunstwerk und erzählte in bunten Bildern eine biblische Geschichte.

»Sind wir allein?«, flüsterte Blanca und suchte mit den Augen die dunklen Bankreihen ab.

»Sieht so aus«, antwortete Pina und marschierte in das rechte Seitenschiff, wo im matten Schein der Kerzen Matildas Marmorgrab lag. Dann zog sie den Zettel mit der zweiten Strophe aus der Tasche ihrer Wildlederhose und las vor:

»Da liegt sie im Glanze, der Marmor ganz weiß,
nimm ihre Hand und suche den Kreis.
Blicke zum Hirten, zwischen den Streben,
recke den Hals und tritt nicht daneben.
Spür's aus der Tiefe, dann weißt du sofort
des großen Rätsels zweite Antwort! Okidoki.«

»Was?«, fragte Flo.
»Das Letzte gehört nicht mehr dazu. Das habe ich nur so gesagt«, erklärte Pina und griff zwischen den Streben nach der weißen Marmorhand.
»Woher willst du wissen, dass es die linke Hand ist?«, fragte Blanca.
»Weil ich von hier ...« Pina deutete zu einem Fenster hinter Blanca. »... das Bild eines Hirten in einem Kreis sehe!«
Blanca drehte sich um. »Tatsächlich!« Verblüfft zeigte sie auf die gegenüberliegende Seite, wo zwischen den Säulen des Seitenschiffs ein Fenster aus bunten Glasscheiben das Gleichnis vom guten Hirten erzählte.
»Deine Vorfahrin war gar nicht so blöd«, stellte Flo anerkennend fest. »In der Geschichte vom Hirten geht es ja tatsächlich um Suchen und Finden.«
»Dachtest du, wir kennen die Bibel nicht?«, entgegnete Blanca gereizt.
Flo zuckte mit den Schultern. »Was weiß ich, woran ihr glaubt?! Vielleicht an den Klabautermann?«
»Hört auf!«, stöhnte Pina und hielt Flo den Zettel mit der Strophe hin. »Was kommt jetzt?«
»Recke den Hals und tritt nicht daneben«, zitierte Flo und schaute hinunter zu Pinas Füßen. Die Steinfliesen unter ihren Mokassins waren in einem einfachen, sich wiederholenden Muster angeordnet und vollkommen ebenmäßig. Von außen betrachtet, machte es absolut keinen Unterschied, ob Pina zehn Zentimeter weiter rechts oder links stand.
»Puh«, machte Blanca ratlos. »Spürst du irgendetwas unter

deinen Füßen? Vielleicht gibt es ja einen Mechanismus für eine Falltür oder so was?«
»Nö«, sagte Pina. »Alles fühlt sich total normal an.«
»Und du siehst von deiner Position aus ganz genau den Hirten?«, vergewisserte sich Flo.
»Absolut klar und deutlich!«
»Und du guckst zwischen zwei Streben hindurch?«
»Jaha!«
Blanca schob Pina beiseite. »Lass mich mal.«
Doch auch sie fühlte nichts Besonderes unter ihren Ballerinas.
»Gibt es vielleicht wieder so ein übertragenes Ding?«, fragte Flo. »So etwas wie die liegende Acht, die für Unendlichkeit steht?«
Pina nahm ihr den Zettel aus der Hand und überflog noch einmal die Zeilen. »Eigentlich klingt diesmal alles ganz eindeutig.«
»Ich probier's mal ohne Schuhe«, Flo schlüpfte aus ihren Turnschuhen, drängte Blanca weg und stellte sich selbst barfuß in Position. Aber auch so konnte sie weder etwas erspüren noch erkennen. Verzweifelt stampfte sie auf. Wie sollten sie mit diesen vagen Angaben jemals ihre kleine Schwester retten?!
Pina überlegte. »Vielleicht passiert irgendetwas, wenn man einfach nur geduldig abwartet?«
»Dann schläft vielleicht dein Fuß ein und kribbelt«, murrte Flo. »Aber das tut er auch, wenn du eine Stunde lang Schlange in der Eisdiele stehst.« Niedergeschlagen ließ sie sich in die vorderste Kirchenbank fallen und stützte die El-

lenbogen auf die Knie. Pina und Blanca setzten sich neben sie, und so hockten sie grübelnd nebeneinander, als plötzlich die Kapellentür aufflog und eine Gruppe Zweitklässler hereinmarschierte.
»Auch das noch«, stöhnte Blanca. Doch zum Glück blieben die Kleinen erst einmal vor einem der vorderen Fenster stehen und skizzierten den Umriss. Anscheinend sollten sie den Unterschied zwischen gotischen und romanischen Fensterformen lernen. Mit ihren Bleistiften kratzten sie über die Blöcke und machten sich dabei kichernd über die kleinen Penisse der Holzengel lustig.
»Uups!«, rief da eines der Mädchen und wurde feuerrot, als sie Flo, Pina und Blanca entdeckte. Hastig stellten sie ihre Zeichnungen fertig und eilten im Laufschritt aus der Kirche.
Nachdenklich sah Pina ihnen hinterher. »Wie alt war deine Ur-Ur-was-weiß-ich-Oma eigentlich, als sie dieses Rätsel verfasst hat?«
Blanca zuckte mit den Schultern. »Keine Ahnung.«
Plötzlich sprang Pina wie vom Skorpion gestochen auf. »Wie groß seid ihr?«
»Wer?«, fragte Flo.
»Wer? Der Bär mit dem Schießgewehr!« Pina rollte mit den Augen. »Ich meine euch natürlich.«
Flo rappelte sich auf. »Einen Meter dreiundvierzig.«
Blanca machte sich extra gerade. »Eins achtundvierzig!«
»Gut, ich auch«, stellte Pina fest. »Aber die kleinen Mädchen eben waren keine eins dreißig. Also, wenn deine Urur-wie-auch-immer-Oma damals, als sie das Rätsel verfasst hat, erst in die zweite oder dritte Klasse ging – und vor hun-

dertzwanzig Jahren waren die Leute sowieso noch kleiner, dann …«

Blanca klappte der Kiefer runter. »… musste sie an einer ganz anderen Stelle stehen, um zwischen den Streben hindurchschauen zu können und den Hirten zu sehen!«

Flo schlug sich an die Stirn. »Wieso bin ich da nicht gleich drauf gekommen!«

Pina grinste. »Wenn du nur den Bärenspuren folgst, übersiehst du das Kaninchen hinter dir! Sag ich doch immer!« Damit stellte sie sich neben das Marmorgrab und ging in die Hocke. »Hm, aber so sehe ich auch nichts, ich muss weiter zurück …«

»Kannst du dann noch Matildas Hand halten?«, fragte Flo.

»Dein Arm wäre ja eigentlich auch kürzer …« Pina zog den Arm etwas ein und reckte den Hals. »So sehe ich gar nichts!«

»Aber Blancas Ur-Ur-Dings kann ja auf den Zehenspitzen gestanden haben. Mach das mal!«, forderte Flo.

Pina streckte sich – und riss die Augen auf. »Da! Unter meinem Fuß!«

Flo stürzte sich auf die Steinfliesen. »Wo?!«

Ganz vorsichtig hob Pina den rechten Fuß an und tippte mit dem großen Zeh auf eine Kachel. »Die sitzt lose.«

Flo zog ihr Klappmesser aus der Tasche und versuchte, mit der Klinge die lockere Fliese aus den Fugen zu lösen.

»Mach sie nicht kaputt!«, rief Blanca aufgeregt.

»Ihr müsst mir helfen! Mit zwei Messern können wir sie von rechts und links umklammern und anheben.«

Blanca zog einen winzigen, gebogenen Säbel aus der Tasche.

»Cool«, sagte Flo mit Blick auf die glänzende Klinge.

»Den hat Henry Morgan von einem spanischen Handelsschiff requiriert.«
»Requiriert?«, Flo grinste. »Nettes Wort für Klauen.«
»Pfft! Wo kommt denn dein Messer her? Bei den Kreuzzügen erobert?«
»Beim heulenden Kojoten! Ihr seid wirklich nicht zum Aushalten!«, schimpfte Pina. »Wenn es nicht um Charly gehen würde – dann könntet ihr mir jetzt mal das Bärenfell runterrutschen!«
Flo senkte betroffen den Blick. Wenn Pina mit so etwas drohte, musste sie schon ganz schön sauer sein. Besser, sie riss sich jetzt am Riemen. Blanca dachte wohl dasselbe, denn von diesem Moment an arbeiteten sie still und friedlich Hand in Hand weiter.
Es war eine entsetzliche Fummelarbeit, und ihre Rücken waren schon so krumm wie Pinas gespannter Flitzebogen, da bekamen sie die Kachel endlich gehoben. Pina fasste sie mit Daumen und Zeigefinger, zog sie behutsam aus den Fugen und drehte sie um. Ein Quietscher der Begeisterung entfuhr ihr. Auf der Rückseite befand sich der zweite Teil der Karte!
»Hammer«, sagte Flo.
Blanca nahm die Kachel aus Pinas Händen und betrachtete sie eingehend. »Eins ist jetzt klar: Der Schatz liegt nicht hier im Internat versteckt. Er muss sich irgendwo außerhalb befinden. Seht ihr hier die Zeichnung der Berge?«
Pina tippte auf eine dunkel schraffierte Fläche. »Das sieht aus wie eine Schlucht und ... hier ist ein Bergkamm ...«
Flo nickte erschöpft. »Aber wir haben immer noch keine Himmelsrichtung oder einen Fixpunkt. Es könnte überall

sein. Ohne den dritten Teil nützen uns die ersten beiden Karten überhaupt nichts.«
Da hörten sie den tiefen Gongschlag, der zum Mittagessen rief.
»Wir müssen etwas in das Loch stopfen – bevor hier jemand reinkommt!«, drängte Blanca. »Eine geklaute Kachel gibt bestimmt Ärger – und die Kleinen haben uns hier gesehen.«
Flo sah sich um – und hatte im wahrsten Sinne des Wortes einen leuchtenden Einfall! Sie lief zu einem der großen Kerzenständer mit den Opferlichtern, murmelte ein kurzes »Verzeihung« und stibitzte sich ein paar fast abgebrannte Wachsstummel. Dann knetete sie das warme Wachs und stopfte es in das Loch, sodass wieder eine ebene Fläche entstand.
»Fällt kaum auf«, stellte sie zufrieden fest.
»Perfekt«, sagte Blanca und steckte die Kachel in die Tasche. »Los, wir müssen zum Essen!«
»Stopp!« Flo stellte sich Blanca in den Weg. »Ich finde es nicht gut, wenn du alle Teile der Karte hast. Ich finde, jede von uns sollte ein Stück aufbewahren.«
Blanca stemmte die Hände in die Hüften und legte den Kopf schief. »Misstraust du mir?«
»Darum geht es nicht. Es kann ja passieren, dass Petronova eine von uns festsetzt oder dass einer irgendetwas dazwischenkommt. Dann ist es immer noch besser, die anderen beiden haben zwei Teile als gar keins.«
»Bitte!« Blanca reichte Flo die Kachel und sah dabei ziemlich beleidigt aus.

»Findest du das falsch?«, raunte Flo Pina zu, als sie aus der Kirche schlüpften.
Pina schüttelte den Kopf. »Nein ... Es kam vielleicht nur ein bisschen plötzlich. Und vielleicht hättest du widersprechen können, als sie gefragt hat, ob du ihr misstraust.«
Flo schwieg. Sie hätte nicht »Nein« sagen können. Denn sie hatte nun mal immer noch ihre Zweifel.
Mit schnellen Schritten eilten sie in ihr Zimmer und verbrannten das Papier mit der zweiten Strophe. Blanca schrieb die dritte nieder, und Flo kontrollierte ihr Handy. Die Uhr zeigte 28 Stunden, 19 Minuten und drei Sekunden. Die Entführer hatten sich noch nicht wieder gemeldet, dafür blitzten zwei andere Nachrichten auf dem Display auf: Die erste meldete einen Anruf ihrer Eltern. Die zweite stammte wieder von »L«: *»Hast Du etwa die Hosen voll?«*
»Ich habe grad echt andere Sorgen als dein blödes Wettrennen«, murmelte Flo. Dann drehte sie sich beunruhigt zu Pina. »Wir haben fast die Hälfte unserer Zeit verbraucht. Und wir haben immer noch keine Ahnung, wo der Schatz liegt!«
Pina legte ihr beide Hände auf die Schultern und sah ihr fest in die Augen. »Seine wahre Kraft entfaltet der Fluss, wenn er sich der Mündung nähert. Wir schaffen das!«

Kapitel Vierzehn

»Also«, sagte Blanca, als sie wieder an ihrem Extratisch im Speisesaal saßen. »Hier kommt der dritte Teil des Rätsels:
Höre bei Nordwind der Falken Geschrei,
atme den Pfefferminz, bitt'ren Salbei.
Gedenke der Taten, die brachten dich her,
kalter Raum, ganz nackt und leer.
Der blaue Kobold führt mir die Hand,
das Feuer zeigt es auf weißer Wand.
Des Sommers hohe Sonne weise
nun den letzten Teil der Reise.«

Als Blanca geendet hatte, zog sie einen zerknitterten Zettel aus der Tasche und faltete ihn vor Pina und Flo auseinander. »Ich hatte dazu schon eine Skizze gemacht. Guckt mal: Zieht man von Norden eine Linie durch die Vogelvolieren an der Mauer mit den Jagdfalken, weiter durch den Kräutergarten mit Pfefferminz und Salbei, landet man genau im Speisesaal oder unten in der Küche.«

Flo zog nachdenklich die Nase kraus. »Aber die beiden Räume sind weder kalt noch nackt noch leer!«

»Ich weiß«, seufzte Blanca. »Ich habe sie trotzdem bis auf

den letzten Millimeter untersucht – nur darum wollte ich doch den Backkurs geben.«
»Und?«, fragte Pina.
Blanca zuckte mit den Schultern. »Nichts.«
»Mann, und ich hatte schon geglaubt, du stehst ernsthaft auf Plätzchenbacken«, sagte Flo.
»Cupcakes«, verbesserte Pina grinsend.
»Aber das mache ich wirklich gern«, sagte Blanca. »Was ist falsch daran?«
»Das ist halt ... irgendwie komisch«, sagte Flo. »Verzierte Kuchen, das ist wie ... gestickte Lesezeichen. So Mädchenkram.«
»Mädchenkram – Jungenkram!« Blanca rollte mit den Augen. »Wie altmodisch! Jeder sollte tun, wozu er Lust hat.«
»Solange er dabei niemand anderen einschränkt«, fügte Pina hinzu. »Freiheit ist immer die Freiheit der Andersdenkenden.«
»Ist das auch so eine Indianerweisheit?«, fragte Blanca.
»Nee, das hat irgend so eine Rosa gesagt. Aber trotzdem cool«, sagte Pina und schnappte sich ein paar Kartoffeln vom Laufband. »Also, wenn es weder Küche noch Speisesaal ist, was kann es dann sein?«
»*Gedenke der Taten, die brachten dich her* ... Das klingt wie Nachsitzen oder Strafarbeit ...«, überlegte Blanca laut.
Flo nickte. »Und nackt, kalt und leer hört sich wie *Gefängniszelle* oder *Kerker* an ... Der Raum der Besinnung!«, ploppte es plötzlich aus ihrem Mund.
»Was?«, fragte Pina.
»Es muss hier im Internat irgendeinen Raum der Besinnung

geben. Damit hat mir Petronova im letzten Schuljahr gedroht – als allerschlimmste Disziplinar-Maßnahme! Angeblich musste in den letzten sechzig Jahren nur zweimal eine Schülerin dorthin.«

»Und wo ist dieser Raum?«, fragte Blanca.

Flo zuckte mit den Schultern. »Keine Ahnung. Petronova hat nur so einen Schlüssel aus ihrem Schreibtisch gezogen und gesagt, sie hoffe, dass sie ihn nicht benutzen muss.«

Blanca schob die Skizze wieder in die Mitte des Tischs. »... wenn man die Linie durch den Speisesaal und die Küche weiterzieht, dann gelangt man in den Nebenflügel, direkt in Petronovas Büro!«

Pina legte nachdenklich die Finger an die Schläfen. »Vielleicht beschreibt das Rätsel nicht *einen* Ort, sondern *zwei*?« Sie hob den Kopf. »Wenn der Schlüssel in Petronovas Schreibtisch liegt, dann führt uns vielleicht der erste Teil des Rätsels dorthin – und der zweite Teil bezieht sich auf diesen Raum der Besinnung?«

Flo schüttelte den Kopf. »Das glaube ich nicht. Erstens ist Petronovas Büro nicht nackt und leer, und zweitens deutet im zweiten Teil des Rätsels nichts mehr auf einen Ort oder Raum hin. Nein! Wir müssen rauskriegen, wo sich der Raum der Besinnung befindet!« Sie tippte auf Blancas Skizze. »Vielleicht liegt er ja auf der Verlängerung dieser Achse?«

»Und wie bekommen wir das heraus?«, fragte Blanca.

»In der Bibliothek sind alle Pläne des Internats gesammelt«, wusste Pina. »Auf irgendeinem Bauplan muss dieser Raum ja eingezeichnet sein.«

Blanca und Flo wollten gerade aufspringen, da hielt Pina sie

fest. »Stopp! Wir sollten nicht überall zu dritt auftauchen. Damit machen wir uns verdächtig.«
»Dann geh ich allein«, schlug Blanca vor. »Ich bin neu. Da ist es doch nicht ungewöhnlich, wenn ich mich für einen Lageplan des Internats interessiere, oder?«
»Ja, das wäre am unauffälligsten«, stimmte Pina zu.
»Na gut«, brummelte Flo. »Aber beeil dich.« Doch das hörte Blanca schon nicht mehr. Sie war längst aus der Bank gerutscht und eilte zur Tür des Speisesaals.
»Mmmh«, machte Flo unwillig.
Pina kannte diesen Brummelton und gab ihr einen Stoß. »Ich weiß, du kannst nur schwer die Zügel abgeben. Aber wir müssen vorsichtig sein.«
»Das ist es nicht.«
»Sondern?«
Flo zuckte mit den Schultern. Sie wusste es ja selbst nicht genau. »Wir kennen Blanca kaum.«
Pina nickte. »Ja, aber wir werden es nur gemeinsam schaffen. Und Blanca tut wirklich alles, um Charly zu retten.«
»Nein! Im Moment tun *wir* alles, um *ihren* Schatz zu finden. Aber was, wenn wir das Ding gefunden haben?«
»Du musst vertrauen!«
»Aber dabei behalte ich sie nun mal lieber im Auge.«
Pina hob die Arme. »Du kannst den Regenbogen nicht haben, wenn es nicht irgendwo regnet.«
»Oh Mann, Pina! Deine Indianerweisheiten sind echt anstrengend.«
Pina grinste. »Ich weiß.«
Aber noch viel anstrengender als jede Indianerweisheit war

das anschließende Warten. Nach zwanzig Minuten hielt Flo es nicht mehr aus, und sie gingen in ihr Zimmer. Mit dem Handy und der rückwärtslaufenden Uhr in der Hand tigerte sie auf den alten Dielen hin und her. »Wir sind jetzt unter 27 Stunden!«, klagte sie. Pina nahm ihr das Telefon aus der Hand. »Es geht nicht schneller, wenn du da dauernd draufstarrst. Das macht dich nur verrückt!«
Flo ließ sich auf einen Stuhl fallen, aber nur, um gleich wieder aufzuspringen. Es war das erste Mal seit Charlys Verschwinden, dass sie so etwas wie eine Pause hatte. Und in diesem *Nichts* begannen sich die Sorgen um ihre kleine Schwester aufzublähen wie ein Luftballon, der gleich platzen wollte. In Gedanken sah sie Charly in einem dunklen, feuchten Schiffsbauch, mit gefesselten Händen und verbundenen Augen. Charly, die doch immer so schnell fror! Und die immer Hunger hatte! Hoffentlich bekam sie genug zu essen! Durfte sie aufs Klo? War sie ganz allein, und hörte jemand sie, wenn sie rief?
Als Flo glaubte, es nicht mehr aushalten zu können, flog die Tür auf.
»Ihr glaubt's nicht«, stieß Blanca atemlos aus. »Die Ortsangabe für den Raum der Besinnung ist absolut richtig! Er liegt direkt unter Petronovas Büro. Es gibt nur ein Problem: Er hat keine Tür.«
Pina sah sie verwirrt an. »Wie meinst du das?«
»Ich versteh's ja selbst nicht!« Blanca zog zwei Zettel aus der Hosentasche und knallte sie auf ihren Schreibtisch. »Ich habe die Pläne aus der Bibliothek abgepaust.« Sie zeigte auf den ersten Zettel. »Hier, das Erdgeschoss mit Petronovas

Büro und gleich daneben der Speisesaal.« Dann legte sie den zweiten Zettel direkt über den ersten. »Im Kellergeschoss, genau unter dem Speisesaal, befindet sich die Küche. Und gleich daneben, unter Petronovas Büro, ist der Raum der Besinnung! Da …« Sie zeigte auf ein Stück gestrichelte Linie in der Außenmauer. »… ist sogar ein kleines Fenster. Aber seht ihr irgendwo eine Tür?!«

»Das kann doch nicht sein …« Flo schob Blanca beiseite und beugte sich über die Zeichnung. Doch Blanca hatte recht: Nirgendwo war ein Durchbruch eingezeichnet.

Pina sah die beiden ratlos an. »Und wie kommt man dann da rein?«

Blanca verzog den Mund. »Keine Ahnung. Von der Küche aus gibt es nicht mal so etwas wie eine Klappe. Die wär mir bei meiner Durchsuchung sofort aufgefallen.«

Flo drehte sich um und ging im Zimmer auf und ab. Dann blieb sie stehen. »Vielleicht gibt es eine Luke von oben?«

»Hast du sowas da mal gesehen?«, fragte Pina.

Flo schloss die Augen und ging gedanklich all ihre Besuche im Büro der Direktorin durch, aber sie konnte sich nicht erinnern, jemals eine Klappe in dem Eichenparkett gesehen zu haben. Allerdings lag unter dem Schreibtisch ein riesengroßer Teppich …

»Wenn, dann sitzt sie genau da drauf!«, schloss Flo.

Pina wurde blass. »Das heißt, wir müssen direkt in die Höhle des Löwen?!«

Flo nickte. »Aber eins ist klar: Solange Petronova hier irgendwo im Internat rumschwirrt, kommen wir niemals da runter.«

Blanca nickte. »Sie muss weg. Wir müssen sie rauslocken.«

»Und wie?«, fragte Pina. »Diese Frau ist superklug und supermisstrauisch! Außerdem muss sie über telepathische Fähigkeiten verfügen.«

Flo überlegte. »Wir müssen jetzt ganz strategisch vorgehen – so wie es Ringstrøm uns beigebracht hat. Erstens: Was würde Petronova im Moment garantiert aus dem Internat treiben?«

»Ein Hinweis auf Charly!«, antwortete Pina prompt.

»Genau – und zwar am besten aus einer seriösen Quelle.«

»Von der Polizei oder vom Geheimdienst?«, schlug Blanca vor.

Flo nickte. »Wir müssen an eine dieser Stellen einen anonymen Hinweis schicken, der auf keinen Fall auf uns zurückzuführen ist.«

»Per Mail«, schlug Blanca vor. »Ich könnte einen fremden Account knacken.«

»Kriegst du das hin, ohne eine Spur zu hinterlassen?«, vergewisserte sich Pina.

Blanca zuckte lässig mit den Schultern und grinste. »Schon mal was von Internet-Piraterie gehört?«

»Piraten haben eben immer eine kriminelle Ader«, rutschte es Flo heraus.

»*Du*, ehrenwerte Rittertochter, hast mit einem Dietrich die Tür zur Bibliothek aufgeknackt«, gab Blanca prompt zurück.

»Hey!«, mahnte Pina.

»Ist ja gut«, murmelte Flo. »Aber ich glaube, per Mail ist trotzdem nicht klug. Petronova erkennt immer unsere Begabungen – manchmal früher als wir selbst. Sie spürt, dass du

so etwas hinbekommst. Außerdem haben wir hier so viele Computercracks an der Schule – eine wird immer nachverfolgen können, woher die Nachricht kam.«
»Ich habe noch ein zweites Handy, von dem keiner etwas weiß«, flüsterte Blanca, als fürchte sie, belauscht zu werden. »Die Nummer ist nirgendwo registriert.«
»Vergiss es«, Pina winkte ab. »Zwei aus der Oberstufe haben schon die Mobiltelefone vom italienischen Ministerpräsidenten angezapft – die kriegen sofort heraus, dass die Nachricht hier aus dem Gebäude gekommen ist.«
»Und wie willst du es dann machen?«, fragte Blanca.
Flo sprang aufs Bett und machte einen Kopfstand gegen die Wand. »Es muss etwas ganz Einfaches sein. So einfach, dass man gar nicht darauf kommt. So einfach wie ... ein Brief!«
»Aber dafür bräuchten wir jemanden, der ihn hier rausschmuggelt und der Polizei zuspielt«, warf Pina ein. »Und diese Person darf man nicht mit uns in Verbindung bringen.«
»Und es müsste jemand sein, der nicht viele Fragen stellt«, fügte Blanca hinzu. »Und dem man absolut vertrauen kann.«
»Und der nicht im Internat lebt.«
»Stimmt!« Blanca nickte. »Denn sonst würde er den Hinweis ja direkt an Petronova geben – und nicht den Umweg über die Polizei machen!«
»Aber so einen gibt es nicht!«, stöhnte Pina.
Flo sprang auf die Füße und riss ihr Handy aus der Tasche. »Kurz nach fünf.«
Pina verdrehte die Augen. »Du drehst noch durch, wenn du dauernd auf das Telefon ...«

»Brot wird immer um halb sechs geliefert, oder?«, unterbrach Flo.
Jetzt klappte Pina der Kiefer herunter. »Du willst doch nicht etwa ...?«
»Doch!«, sagte Flo. »Er ist unsere einzige Chance.«
»Das ist ein Spinner! Ein blöder Angeber!« Pina war außer sich – doch Flo hatte sich schon an den Schreibtisch gesetzt.
»Was schreiben wir in den Brief?«

Zehn Minuten später huschte Flo mit einem Umschlag in der Hosentasche durch das Torhaus. Sie wollte gerade durch die Tür auf das Außengelände schlüpfen, als Signora Santiago auf goldenen Paillettenpumps aus der Pförtnerloge stürzte und sich ihr in den Weg stellte. »Mooooment! Darf ich fragen, wo du hinmöchtest?«
Flo deutete hinaus zu den Stallungen. »Ich möchte zu meinem Pferd.«
»Ohne Sondergenehmigung darf im Moment niemand den Innenring verlassen. Hast du eine schriftliche Erlaubnis?«
Flo schluckte. Die Signora nahm ihren Sonderdienst als Wachposten offensichtlich sehr ernst.
»Moment, Frau Kollegin.«
Flo fuhr herum – und atmete erleichtert aus. Herr Ringstrøm schlurfte aus dem Empfangsraum. »Gehe ich richtig in der Annahme, dass dein Verlassen des Innenrings etwas mit der kürzlich besprochenen Aufgabe zu tun hat?«
Im ersten Moment war Flo etwas verwirrt, aber dann fiel ihr das Gespräch über die aufgeschlitzten Seesäcke wieder ein. Sie nickte heftig. »Im weitesten Sinne – ja!«

»Frau Kollegin, um diese komplexe Frage zu beantworten, müsste meine Schülerin für einen kurzen Moment – wir haben uns verstanden, Fräulein Florence: kurz!« Flo nickte heftig, und Ringstrøm fuhr fort: »... den Innenring des Internats verlassen.«

Bevor Signora Santiago Einwände erheben konnte, huschte Flo schnell um sie herum, rief »Danke!« und rannte auf den Außenhof in Richtung Stall.

Die Reiterstaffel war immer noch unterwegs, sodass nur wenige Pferde in ihren Boxen standen. Als Flo die Tür öffnete und zu Eisenherz trat, drehte der Hengst sich unwillig weg. Das tat er immer, wenn er sich vernachlässigt fühlte. Flo klopfte ihm den Hals. »Bald habe ich wieder mehr Zeit für dich. Wahrscheinlich schon heute Nacht.« Flo trenste und sattelte ihr Pferd. Dann führte sie es hinaus auf den Sandplatz. Von hier aus hatte sie den besten Blick auf die kleine Straße, die sich vom Tal zum Internat hochschlängelte. Sie schwang sich auf Eisenherz' Rücken, ritt ein paar Runden und nahm ein paar Hindernisse – bis sie den kleinen, blauen Lieferwagen am Fuße des Berges entdeckte.

Flugs sprang sie aus dem Sattel und führte Eisenherz zurück in den Stall. Gerade als sie ihn von Trense und Sattel befreit hatte, zockelte der Bäckereitransporter am offen stehenden Stalltor vorbei. Jetzt musste sie sich beeilen! Flo flitzte aus der Box, drückte einer verdutzten Schülerin, die gerade zum Futterdienst kam, das Sattelzeug in die Hand und rief im Davonlaufen: »Kannst du das bitte für mich in die Sattelkammer bringen? Danke!« Dann raste sie los. Kurz vor der

Ecke zum Außenhof bremste sie ab und bog bemüht lässig auf den großen Sandplatz. Im selben Moment flog die Beifahrertür des kleinen Lieferwagens auf, und ein blauschwarzer Lockenschopf tauchte hervor. Flos Herz schlug schneller. Bis jetzt lief alles perfekt. Sie ging noch etwa zehn Meter, dann schloss sie die Augen und begann zu wanken. Durch ihre halb geöffneten Lider sah sie, wie Luca sich umdrehte. Sie taumelte noch zwei Meter weiter, dann sackte sie zusammen und landete auf dem staubigen Grund. Keine Sekunde später hörte sie, wie eine Brotkiste auf den Boden krachte und Luca auf sie zugestürmt kam. Das läuft ja besser als eine geölte Ritterrüstung, dachte Flo noch, als ihr mit voller Wucht eine Hand auf die Wange klatschte.

»Au!« Flo riss die Augen auf.

»'tschuldigung, du warst ohnmächtig«, stammelte Luca.

»Ich brauche deine Hilfe«, flüsterte Flo.

Luca nickte. »Ja, das sehe ich.«

»Nein, anders!«, zischelte Flo. »In meiner Tasche steckt ein Brief. Den musst du bei der Polizei abgeben und behaupten, du hast ihn auf der Straße gefunden. Tust du das?«

»Bei der Polizei?« Luca schien das nicht geheuer. Jedenfalls machte er keine Anstalten, den Brief aus Flos Tasche zu ziehen.

Flo blitzte ihn wütend an. »Hast du etwa Schiss?«

Luca betrachtete sie zweifelnd.

»Bitte!« Flo sah ihn flehend an. »Es ist gar nichts Schlimmes. Ich erkläre dir auch alles. Später.«

Luca fischte den Brief aus Flos Jacke und ließ ihn unterm Hemd verschwinden. »Aber dafür schuldest du mir was.«

»Ja. Und jetzt hilf mir auf. Ich war schließlich ohnmächtig.« Luca legte den Arm um Flo, zog sie hoch und hielt sie weiterhin fest.
»Lass los«, zischte Flo.
»Eben-noch-Ohnmächtige lässt man nicht gleich wieder los«, grinste Luca und schaute Flo frech in die Augen. Doch bevor Flo etwas ebenso Freches erwidern konnte, gellte ein Schrei über den Hof: »Es ist untersagt, mit Außenstehenden zu sprechen!«, kreischte Cilly.
»Der da!«, quietschte Lilly und zeigte auf Luca. »Der kommt aus dem Dorf und gehört nicht zum Personal!«
»Regt euch mal ab, sie ist ohnmächtig geworden«, fuhr Luca die beiden Cousinen an. »Helft mir lieber oder bringt ein Glas Wasser, ihr dämlichen Hühner.«
Flo hatte Mühe, nicht zu lachen. Schnell schlug sie die Augen nieder und taumelte ein bisschen. Denn wie Herr Ringstrøm sie gelehrt hatte, sollte man nie den Fehler machen, seine Feinde zu unterschätzen. Und Cilly und Lilly konnte man nicht so leicht täuschen. Außerdem waren sie nach der Fliegen-Attacke ganz sicher in Alarmbereitschaft. Darum streckte Flo nun eine zittrige Hand nach Lilly aus und sah sie Hilfe suchend an. Lilly guckte, als hätte man ihr eine giftige Kröte hingehalten. Dann zog sie genervt einen Mundwinkel hoch, nahm Flo am Ellenbogen und schob sie in Richtung Torhaus.
»Ich glaube, es geht schon wieder«, sagte Flo, als sie durch die Pforte traten. »Mir ist eben einfach nur schwarz vor Augen geworden. Vermutlich, weil ich in der letzten Nacht kaum geschlafen habe.«

»Sollen wir dich trotzdem zur Krankenstation bringen?«, fragte Cilly ungeduldig. »Oder bei den Wachen Bescheid sagen?« Sie deutete zur Pförtnerloge, wo Signora Santiago von einem Buch aufsah.

»Danke, ist schon wieder okay. Ich schaffe das schon.« Flo tat, als bemühe sie sich tapfer, Haltung zu bewahren, und ließ Cilly und Lilly stehen.

»Florence?«

Flo drehte sich um und stützte sich zum Schein an einer Säule ab.

»Uns tut sehr leid, was mit deiner Schwester passiert ist«, presste Cilly hervor, und Lilly fügte hinzu: »Niemand möchte, dass einer Schülerin des Matilda-Imperatrix so etwas zustößt.«

»Danke«, sagte Flo und wollte sich gerade umdrehen, da warf ihr Cilly einen mahnenden Blick zu. »Das heißt aber nicht, dass wir dich aus den Augen lassen!«

Kapitel Fünfzehn

»Iiiiiiiiih!«, rief Pina. »Das ist ja wohl der billigste, ekeligste Trick, von dem ich je gehört habe! Ohnmächtig werden und sich von einem Kerl aufhelfen lassen. Ich glaub es nicht!«

Blanca grinste. »Das ist fast so schlimm wie Cupcakesbacken!«

»Mit dem Unterschied, dass du das gern machst!«, entgegnete Flo.

»Haha! Du musst erst einmal beweisen, dass du das NICHT gern gemacht hast«, gab Blanca zurück.

»Das habe ich für Charly getan«, verteidigte sich Flo.

Blanca zog eine Augenbraue hoch. »Oh ja! Das würde ich jetzt auch sagen.«

Pina wedelte mit den Armen. »Aufhören!« Dann wandte sie sich besorgt an Flo: »Aber mal ganz ehrlich. Dieser Kerl ist doch so stulle wie sein Weißbrot – glaubst du wirklich, er kriegt das hin?«

Flo wollte etwas Wütendes erwidern, aber dann besann sie sich und sagte möglichst lässig: »Doch ja, klar. Ich denke, das kriegt er hin.«

»Wie lang wird das ungefähr dauern, bis der Brief bei der

Polizei landet und die bei Petronova anrufen?«, fragte Blanca.
»Wenn alles gut läuft, wird Luca den Brief in zwanzig Minuten abgeben«, schätzte Flo.
»Dann sollten wir Petronovas Büro ab jetzt im Auge behalten.« Blanca schlüpfte in ihre Ballerinas. »Was machen wir eigentlich mit der Sekretärin?«
Flo winkte ab. »Die hat gleich Dienstschluss.«
»Und Madame Maseleige?«
Pina sah Flo fest in die Augen. Flo kannte diesen Blick. So guckte Pina nur, wenn ihr etwas sehr ernst und wichtig war. »Wenn es hart auf hart kommt, Flo, musst du Madame Maseleige ablenken und hinauslocken. Dann steigen Blanca und ich ohne dich in den Raum der Besinnung.«
Flo schwieg unwillig.
»Das ist das Sicherste«, versuchte Pina, sie zu überzeugen. »Dir lässt sie im Moment alles durchgehen.«
»Notfalls wirst du ohnmächtig. Oder lässt du dir von Madame nicht so gern aufhelfen?«, stichelte Blanca.
»Sehr komisch«, brummte Flo. »Wollen wir?«

Sie mussten nicht lang in einer Nische des Kreuzgangs herumlungern, bis die Tür des Verwaltungstrakts aufflog und Direktorin Petronova herauseilte. Kurz darauf heulte der Motor ihres Sportwagens auf, und als das Auto vom Hof brauste, machten sie sich auf den Weg.

»Florence, alles in Ordnung?«, rief Madame Maseleige und sprang von ihrem Drehstuhl hoch, als Flo mit Pina und

Blanca das Vorzimmer betrat. Im Gegensatz zur Direktorin, die die Kunst des undurchdringlichen Gesichtsausdrucks beherrschte, stand Madame Maseleige jede Gefühlsregung auf die Stirn geschrieben. Und im Moment war da dick und breit *Panik* zu lesen.

»Ist Direktorin Petronova da?«, fragte Pina.

»Nein ...«

»Ist sie außerhäuslich oder nur im Internat unterwegs?«, bohrte Pina weiter.

»Außerhäuslich. Sie muss ... Sie hat einen Termin.«

»Und wann kommt sie wieder?«, wollte Blanca wissen.

Die Madame begann, nervös mit dem Mundwinkel zu zucken. »Kann ich euch vielleicht weiterhelfen?«

Pina seufzte. »Schwierig.«

»Dann warten wir.« Blanca setzte sich auf einen der Stühle, die an der Wand standen.

»Es kann aber länger dauern. Wollt ihr nicht lieber ...« Die Madame sah etwas hilflos zur Tür.

»Wir haben Zeit«, sagte Flo und setzte sich mit bekümmertem Blick neben Blanca.

Unsicher trat Madame nun von einem Bein aufs andere. Eigentlich hatten die Mädchen damit gerechnet, dass sie ihnen Kekse oder Kakao anbieten würde. Doch leider machte Madame keine Anstalten, kurz in die Küche zu verschwinden. Stattdessen setzte sie sich wieder hinter ihren Schreibtisch und blätterte ein paar Akten durch. Nach fünf Minuten warf Pina Flo einen kurzen Blick zu. Das bedeutete: *Plan B*.

»Willst du Madame Maseleige nicht sagen, was vorhin passiert ist?«, fragte Pina scheinheilig.

Flo schüttelte den Kopf.
»Es wäre echt besser«, drängte Blanca.
Madame schaute auf und sah besorgt zu Flo. »Du kannst mir alles sagen, mein Engel.«
»Flo ist vorhin auf dem Hof ohnmächtig geworden«, schoss Blanca heraus.
Flo warf ihr einen wütenden Blick zu. Offensichtlich konnte es Blanca kaum erwarten, sie und Madame aus dem Büro zu schaffen! Aber nun war es zu spät, um zu Plan A zurückzurudern, denn Madame sprang entsetzt auf. »Wie bitte?! Damit ist nicht zu spaßen! Warst du schon auf der Krankenstation bei Fräulein Schorf?«
Flo schüttelte den Kopf. Es war allgemein bekannt, dass niemand freiwillig zu der Krankenschwester Fräulein Schorf ging. Das hatte zwei Gründe: Zum einen waren die Finger der Schwester immer so eiskalt, dass man bei einer Untersuchung fürchten musste, neben der eigentlichen Krankheit auch noch Frostbeulen zu bekommen. Und zum anderen roch ihre weiße Schwesterntracht so penetrant nach Veilchen, dass einem schwindelig wurde. Flo wusste allein von drei Schülerinnen, die wegen des Blümchengestanks ihr Bewusstsein verloren hatten. Man munkelte, dass Petronova sie genau aus diesen beiden Gründen eingestellt hatte. Denn so überlegte es sich jede Schülerin zweimal, ob sie sich krankmelden oder doch lieber zum Unterricht schleppen sollte.
»Pina, Blanca! Ich möchte, dass ihr Florence sofort zu Fräulein Schorf bringt!« Madame Maseleige zeigte zur Tür.
Das passte den dreien natürlich überhaupt nicht in den

Plan – schließlich sollte die Madame aus dem Büro, und nicht sie! Aber irgendwie musste die Madame riechen, dass sie etwas vorhatten. Darum wechselte Flo nun wohl oder übel zu *Plan C*: Sie erhob sich von ihrem Stuhl, machte drei Schritte in den Raum und begann wieder zu taumeln. Das funktionierte: Wie von der wilden Tarantel gestochen, sprang Madame auf, klemmte Flo unter den Arm und schleifte sie zur Tür. »Himmel, Kind! Das ist ein Schwächeanfall. Du musst sofort zur Krankenstation. Komm!«
Blanca und Pina hatten freie Bahn.

Kapitel Sechzehn

Kaum war die Tür hinter Flo und Madame ins Schloss geklappt, schlichen Pina und Blanca in das Zimmer von Direktorin Petronova und schlugen den großen Teppich zurück. Flo hatte richtig vermutet: Direkt unter Petronovas Schreibtisch war in das Parkett eine Klappe eingelassen. Blanca eilte um den Tisch aus weißem Marmor herum – zog den Ärmel ihrer Strickjacke über die Hand, damit sie keine Fingerabdrücke hinterließ – und öffnete die oberste Schublade. In einem Fach ganz links lag ein alter Schlüssel mit einem ovalen Ring. Genau wie Flo ihn beschrieben hatte. Blanca schnappte den Schlüssel, kroch unter die Tischplatte und steckte ihn in das schmiedeeiserne Schloss der Klappe. Langsam drehte sie ihn nach links, und die Luke sprang mit einem Knirschen auf. Pina streckte jubelnd die Arme in die Luft und riss den Mund zu einem stummen Begeisterungsschrei auf. Unter ihnen lag tatsächlich der Raum der Besinnung! Vorsichtig beugte sie sich vor und streckte den Kopf hinein. Durch ein winziges Fenster sickerte etwas Licht in das kleine, weiß getünchte Zimmer. Bis auf eine Holzpritsche an der rechten Wand und eine schmale Leiter, die von

der Luke hinabführte, war es wirklich *nackt* und *leer*. Alles passte absolut genau auf die Beschreibung im Rätsel.
Pina legte sich auf den Bauch und rutschte rückwärts in das Loch, bis ihre Füße eine Leitersprosse ertasteten. Etwas mulmig war ihr schon zumute. Schließlich war seit Ewigkeiten kein Mensch mehr hier hinuntergeklettert.
»Kannst kommen«, hauchte sie hinauf, als sie festen Boden unter den Füßen spürte.
Blanca legte den Schlüssel zurück in die Schublade. Dann krabbelte sie auf die Leiter, zog geschickt den Teppich über die Luke, damit er nach dem Schließen wieder genauso lag, wie sie ihn vorgefunden hatte, und senkte die Klappe über ihrem Kopf.

In genau derselben Sekunde jagte Flo in der Krankenstation ein Schauer über den Rücken. Fräulein Schorf hatte nämlich gerade ihre Tiefkühlfinger auf Flos Handgelenk gelegt, um den Puls zu fühlen. Außerdem war Flo jetzt wirklich schwindelig. Die Krankenschwester verströmte heute einen derart schweren Veilchenduft, dass Flo ganz flau war. Sie konnte nur noch flach atmen, sonst hätte sie sich auf der Stelle übergeben müssen! Und das durfte sie auf keinen Fall riskieren! Bei Übelkeit kannte Schwester Schorf nämlich keine Gnade und brummte ihren Patienten sofort Bettruhe auf!
»Tja, das wird die Aufregung und die Schlaflosigkeit gewesen sein«, erklärte Fräulein Schorf, nachdem sie auch noch Flos Blutdruck und die Herztöne überprüft hatte. »Bei Ihnen und mir, Madame, würde ich ein Schlückchen Sekt verordnen. Aber das Mädchen sollte vielleicht ein Glas Cola trinken

und etwas Anständiges essen.« Sie schaute Flo streng an. »Und so lange bleibst du besser in der Waagerechten.«

»Kann ich mich nach draußen an die frische Luft legen?«, japste Flo.

»Sehr löblich«, sagte Fräulein Schorf, reichte Flo den Arm und führte sie hinaus auf die Terrasse, wo ein paar Liegen aufgestellt waren.

»Ich kümmere mich derweil um Essen und Cola!«, rief Madame und eilte davon.

Fräulein Schorf bettete Flo auf eine Liege und deckte sie zu. Mit dem Ausdruck tiefsten Bedauerns sagte sie: »Ich sende deiner kleinen Schwester meine Gedanken.«

Aber hoffentlich ohne Veilchengeruch, dachte Flo und hielt die Luft jetzt ganz an, so bestialisch müffelte es, als sich die Krankenschwester über sie beugte. Erst als Fräulein Schorf wieder im Haus verschwunden war, traute Flo sich, wieder normal zu atmen. Da erst bemerkte sie das Mädchen auf der Liege neben sich. Sie war ganz grün im Gesicht und hielt einen Spuckeimer in den Händen.

»Hallo«, sagte Flo. »Was hast du denn?«

»Eigentlich hatte ich mir nur den Fuß verstaucht«, jammerte das Mädchen. »Aber dann ist mir auch noch übel geworden.«

»Augen zu und schlafen hilft da am besten«, empfahl Flo und stellte mit Erleichterung fest, dass ihre Liegen-Nachbarin den Rat sofort befolgte. Nun konnte Flo sich ganz in Ruhe umschauen. Ihr Platz war perfekt. Von hier aus musste sie nur an der Internatsmauer entlang Richtung Nordwesten laufen, dann landete sie automatisch unter dem Fenster des

Raums der Besinnung. Und wenn man sie suchen würde, könnte Flo immer behaupten, sie hätte ein paar Schritte an der Mauer entlang gemacht, um ihren Kreislauf in Schwung zu bringen. Sie musste nur abwarten, bis Madame Maseleige die Cola und das Essen gebracht hatte. Vorsichtig zog Flo ihr Handy aus der Tasche und starrte auf die rückwärtslaufende Uhr: Ab jetzt blieben ihnen nur noch gut 22 Stunden.

Pina und Blanca hatten derweil jedes Stückchen Wand und jeden Quadratmillimeter Fußboden im Raum der Besinnung untersucht – und nicht den geringsten Hinweis auf einen blauen Kobold, Feuerschein oder Sonnenstrahlen gefunden. Ratlos hockte sich Pina in die Ecke und dachte angestrengt nach.

»Kann mit Kobold vielleicht deine Vorfahrin selbst gemeint sein? Ich meine, man muss ja schon eine Menge tun, um hier unten eingesperrt zu werden. Das hat bisher nicht mal Flo geschafft.«

Blanca zuckte mit den Schultern. »Aber wieso sollte der Kobold dann ihr Helfer sein, und was bedeutet das *Blau*?«

»Keine Ahnung«, seufzte Pina. »Ganz irre macht mich ja der letzte Satz: *Des Sommers hohe Sonne weise nun den letzten Teil der Reise.* Hier scheint doch niemals die Sonne rein!«

Blanca stockte. »Das ist es! Das Fenster! Es zeigt nach Norden!«

»Häh ...?«, machte Pina.

»Na, wie du gesagt hast: Durch diese Scheiben kann nur ganz, ganz selten ein Sonnenstrahl fallen!« Blanca zeigte auf das Fenster. »Nämlich nur in der Mitte des Sommers, wenn die Sonne besonders hohe Kreise zieht. Dann wäre ein Strahl aus Westnordwest möglich! Klar?«

Pina nickte. Das war einleuchtend.

»Mach mal Seeräuberleiter!«, befahl Blanca.

Pina sprang auf und hielt Blanca die verschränkten Hände hin. Die setzte einen Fuß hinein, zog sich zum Fenster hoch und spähte hinaus. Rechts von ihr lag das Gebäude mit dem Speisesaal und der darunterliegenden Küche. Auf dem freien Fleck davor, fast bis unter das Fenster, zog sich der Kräutergarten. Und etwa zwanzig Meter weiter, direkt an der großen Außenmauer, befanden sich die Käfige mit den Jagdfalken. Blanca zeigte nach schräg rechts. »Da ist Norden, dann muss weiter links, hier ... Westnordwest sein. Da würde die Sonne im Hochsommer untergehen. Aber wenn sie ganz tief stünde, fielen die Strahlen nicht mehr über die große Mauer hinweg ... also kämen die letzten Sonnenstrahlen, die ihren Weg in diesen Raum finden würden ... noch ein Stückchen mehr aus Westen ... Nämlich genau von da!«

Mit einem Ruck drehte sie sich nach links. Pina geriet aus dem Gleichgewicht, beide strauchelten und plumpsten unsanft auf den kalten Steinboden.

»Autsch!«, schimpfte Pina. »Kannst du nicht vorher Bescheid sagen?!«

Blanca rollte sich von Pina herunter und sprang auf. Dann malte sie mit dem Finger einen imaginären Sonnenstrahl, der durch das Fenster in den Raum fiel – und tippte triumphierend auf einen Punkt an der Wand über der Pritsche.

»Genau hier befindet sich die Antwort des Rätsels!«

»Aha«, sagte Pina und warf einen Blick auf die leere Stelle

an der weißen Wand. »Ich kann es gerade nicht entziffern. Liest du mir vor?!«
»Totenkopf-komisch!« Blanca rappelte sich auf. »Ich kann nur sagen: Genau dorthin – und nirgendwo sonst – fällt an ganz wenigen Tagen etwas Sonne.«
Im selben Moment knallte etwas gegen die Fensterscheibe. Vor Schreck wäre Pina beinahe wieder auf dem Hintern gelandet. Doch dann hörten sie das Krächzen eines Raben.
»Flo!« Pina sprang auf. »Jetzt bist du dran mit Räuberleiter«, befahl sie und stieg in Blancas verschränkte Hände. Durch die schmutzigen Scheiben sah sie Flo auf der Wiese hin und her schlendern. Vorsichtig drückte Pina einen Fensterflügel auf.
»Und?«, fragte Flo, während sie demonstrativ in eine andere Richtung schaute.
»Wir haben eine Idee, *wo* sich die letzten fehlenden Informationen befinden könnten«, flüsterte Pina. »An einer leeren Wand, aber ...«
»Eine Geheimschrift?«, wisperte Flo und pflückte eine Blume nahe dem Fenster.
»Wohl eher eine Zauberfarbe«, stöhnte Blanca von unten. »Vielleicht hat das etwas mit dem blauen Kobold und dem Feuer zu tun?«
»Oh nee! Wie konnte ich nur so doof sein!«, entfuhr es da Flo. »Kobold – das steht für Cobaltnitrat! Das haben unglückliche Verliebte früher als Geheimtinte benutzt. Sie ist fast durchsichtig, ganz zart rosa. Und wenn sie getrocknet ist, sieht man sie gar nicht mehr. Aber erhitzt man das Papier – oder eben die Wand –, dann wird sie blau! Wir haben

in unserem Familienarchiv solche Briefe. Ich hab das auch schon mal ausprobiert.«

»Mit dem Bäckerjungen?«, stichelte Blanca von unten.

»Immerhin können wir Ritter mehrseitige Botschaften schicken – während ihr nur Totenkopf-Flaggen hisst!«, schoss Flo zurück.

»Schluss!«, schimpfte Pina.

Flo kam etwas näher. »Ihr braucht einen Föhn oder Heißlüfter.«

»Die machen ja auch so gar keinen Krach!«, stöhnte Blanca von unten. »Außerdem haben wir hier keine Steckdose.«

»Ich besorge einen Bunsenbrenner!«, zischte Flo und eilte davon.

Als sie nach zehn Minuten mit dem Brenner und einer kleinen Gas-Kartusche zurückkehrte, schlenderte sie erst einmal unauffällig hin und her und prüfte, dass sie auch niemand beobachtete. Als sie sich sicher fühlte, flüsterte sie: »Achtung, ich werfe!«, und schleuderte die beiden Teile durch den schmalen Fensterspalt. »Aber passt auf, dass ihr die Bude nicht abfackelt.«

»Keine Sorge«, wisperte Blanca aus dem Fensterspalt zurück. »Aber sollten wir in Rauch aufgehen, schreiben wir mit den Wölkchen noch einen Liebesbrief, den kannst du dann in Zaubertinte übersetzen!«

»Sehr lustig!«, knurrte Flo. »Beeilt euch lieber! Sobald ihr etwas erkennen könnt, müsst ihr es abpausen. Wenn die Tinte abkühlt, wird sie nämlich sofort wieder durchsichtig.«

Statt einer Antwort hörte Flo das Zischen des Bunsenbrenners. Sie drehte sich um und rannte zurück zur Krankenstation.

»Mach keine Rußflecken«, mahnte Blanca, während sie die heiße Luft über dem Bunsenbrenner an den weißen Putz fächelte.
»Das sollte im Moment unser geringstes Problem sein«, erwiderte Pina und führte die Flamme noch ein Stück näher an die Wand heran. Und nun, ganz zart und wie von Geisterhand gemalt, erschien eine Rose mit den vier Himmelsrichtungen. Sie wurde immer deutlicher, und während sie sich allmählich blau färbte, entstand daneben das letzte, fehlende Kartenstück.

Zum Glück war in der Krankenstation zwischenzeitlich ein Mädchen mit einer Platzwunde eingeliefert worden und beanspruchte Fräulein Schorfs ganze Aufmerksamkeit. Niemand hatte Flos Verschwinden bemerkt, und so sagte sie ihrer Liegen-Nachbarin nur, dass es ihr wieder besser ginge und sie darum auf ihr Zimmer zurückkehre.
Im Kreuzgang kamen ihr schon die ersten Schülerinnen entgegen, die mit dem Abendbrot fertig waren. Das bedeutete, dass Madame Maseleige sich zwar noch im Speisesaal befand, aber bald in ihr Zimmer zurückkehren würde! Zielstrebig, jedoch mit gesenktem Blick, eilte Flo zu Petronovas Büro, klopfte und drückte die Klinke. Wie vermutet, war die Tür verschlossen. Sie lehnte sich mit dem Rücken gegen das Holz und tat so, als würde sie warten. In Wirklichkeit aber schob sie den Dietrich in das Schloss und entriegelte die

Tür. So viel wie in den letzten vierundzwanzig Stunden habe ich das Ding noch nie benutzt, dachte Flo und nahm den Eisenhaken in die Top-Ten-Liste ihrer wichtigsten Gegenstände auf. Sie harrte noch aus, bis eine Gruppe Zweitklässler schwatzend an ihr vorübergezogen war, dann klopfte sie noch einmal kräftig und trat ganz selbstverständlich durch die Tür, als hätte jemand »Herein« gerufen.
Geduckt eilte Flo durch das Vorzimmer, damit sie niemand durch die Fenster im Kreuzgang sehen konnte, und schlich in Petronovas Büro. Dort angelte sie sich den Schlüssel aus der Schublade, schob mit dem Fuß den Teppich zurück und öffnete die Klappe. Pina und Blanca standen schon auf der Leiter. Schnell kletterte eine nach der anderen herauf, dann verschlossen sie die Luke, legten den Schlüssel zurück, zogen zum Schluss noch einmal die Teppichfransen gerade und verließen das Büro. Flo warf einen kurzen Blick auf ihr Handy: Ab jetzt hatten sie noch genau 20 Stunden und 13 Minuten, um den Schatz zu finden und ihn den Entführern im Tausch gegen Charly zu übergeben.
Wenn alles gut geht, dachte Flo, dann ist meine kleine Schwester in nicht mal einem Tag wieder frei! Sie mussten nur die drei Kartenstücke aneinanderlegen und sich auf den Weg machen.

»Zeigt mal!«, zischelte Flo und schob Pina und Blanca in den ersten Treppenaufgang des Kreuzganges. Dort zog jedes Mädchen seinen Kartenteil hervor: Flo die Kachel aus der Kapelle, Blanca das Pergament aus der Bibliothek und Pina das letzte Stück aus dem Raum der Besinnung.

Vorsichtig fuhr Pina mit dem Finger über die abgepauste Zeichnung. »Also, hier, ganz in der Ecke, ist das Internat. Dann geht es weiter, raus ins Gebirge – bis zu einem Bergkamm.«

Flo legte ihre Kachel an den oberen rechten Rand des Papiers. »Und dann geht es weiter, durch einen Pass, in eine Schlucht bis – das ist eine Höhle!« Sie deutete auf den runden, dunklen Punkt am Rand der Kachel.

»Und da kommt jetzt das Pergament ins Spiel!« Blanca hielt das dritte Kartenstück daneben. »Das beschreibt den Weg durch die Höhle bis zum Schatz.« Sie tippte auf einen wellenförmigen Kreis mit einem dicken Kreuz, an dem die lange Linie endete.

Flo betrachtete das Gesamtwerk und zog beunruhigt die Stirn kraus. »Wir müssen nach Nordosten, hoch ins Gebirge. In dem Gebiet kennen wir uns kaum aus. Außerdem gibt es da so gut wie keine befestigten Wege.«

»Wie lang werden wir bis zu dieser Höhle brauchen?«, fragte Blanca.

Pina zuckte mit den Schultern. »Das ist ein Ritt von mindestens fünf Stunden.«

»Was?!«, Blanca riss die Augen auf.

»Darum Turbo-Boost! Petronova kann jeden Moment zurückkommen. Wir müssen sofort unsere Sachen packen und los!« Flo hastete auf den Kreuzgang. Im selben Moment begannen die Glocken der Kapelle, wild zu läuten.

Kapitel Siebzehn

»Feueralarm?!«, fragte Pina ungläubig.
»Nicht das auch noch!«, stöhnte Blanca.
Schon flogen die Türen zum Kreuzgang auf. Aus den Treppenhäusern donnerte Getrampel, und die Schülerinnen stürmten aus allen Richtungen zum Torhaus. In solch einem Fall, das hatten sie oft genug geübt, mussten sich die Mädchen klassenweise auf dem Außenhof aufstellen.
»Das Chaos sollten wir nutzen«, zischte Flo. »Los, holen wir warme Jacken, Lampen und Decken, und dann nichts wie weg!« Sie rannten gegen den Strom zum Treppenhaus des Osttrakts – und liefen direkt in die Arme von Signora Santiago, die gerade die Treppe heruntergeeilt kam.
»Alle Schülerinnen auf den Außenhof!« Mit einem energischen Wink scheuchte sie Flo, Pina und Blanca zurück in den Kreuzgang. »Hopp-hopp, raus!«
Es blieb ihnen nichts anderes übrig, als zu gehorchen.

Auf dem Hof reihten sie sich hinter Cilly und Lilly und vor Abeba, Min-Hai, Minerva und Olga ein. Min-Hai tippte Flo von hinten an die Schulter. »Hey, mir tut das alles so wahnsinnig leid mit Charly. Wenn wir irgendetwas für dich tun können, sag es, ja?«

Flo nickte.

»Bitte Ruhe bewahren! Alle bewahren die Ruhe«, trötete Madame Maseleige unterdessen in ein rotes Megafon. Es quietschte laut und schrill, und die Schülerinnen hielten sich die Ohren zu.

»Warum benutzt sie eigentlich nicht unsere neue Hightech-Lautsprecher-Anlage?«, schrie Minerva gegen das Quietschen an.

»Weil sie total verpeilt ist und immer die falschen Knöpfe drückt!«, rief Olga zurück.

»Achtung! Achtung!«, dröhnte es aus dem Megafon. »Eine wichtige Durchsage unserer Direktorin!«

Nun verstummten alle, und Madame las die Anweisungen laut von einem Zettel ab: »Direktorin Petronova bittet die Reiterstaffel, sich unverzüglich wieder startbereit zu machen. Die Drohnengruppe bereitet sich ebenfalls zum Aufbruch vor. Der Oberstufen-Strategiekurs von Herrn Ringstrøm trifft sich im Oratorium. Für das Lehrpersonal tritt der Notfallplan ein. Wir erwarten alle in sieben Minuten an ihren Positionen. Die Klassen acht, neun, zehn werden sich um die Jahrgänge eins, zwei und drei kümmern. Die Jahrgänge vier bis sieben werden sich eigenverantwortlich auf ihre Zimmer begeben und für die Nachtruhe vorbereiten.«

Während die älteren Mädchen und das Lehrpersonal sofort losrannten, spekulierten die jüngeren Schülerinnen, was wohl passiert sein könnte.

»Wenn wir einmal in unserem Zimmer sind, kommen wir

da nicht mehr raus«, flüsterte Flo. »Wir müssen uns vorher absetzen.«
Blanca deutete beunruhigt mit dem Kinn zu Cilly und Lilly, die vor ihnen standen und leise diskutierten.
»Sollten wir uns irgendwie verlieren oder auseinandergerissen werden, treffen wir uns in der Futterkammer vom Stall«, hauchte Pina.
Nachdem die Klassen eins bis vier sich der Reihe nach in Bewegung gesetzt hatten, rief Madame nun auch die fünfte durch ihr Megafon auf.
In den Reihen vor ihnen hörten sie einige Mädchen wispern: »Ich habe gehört, dass es ein Erpressungsschreiben gibt. Von Charlys Entführern!«
»Ach, darum hat Petronova vorhin mit Vollgas das Internat verlassen.«
»Ja! Dieser Bäckerjunge soll einen Bekennerbrief ohne Absender gefunden und bei der Polizei abgegeben haben!«
Ruckartig blieb Cilly stehen, sodass Blanca direkt in sie hineinrannte.
Lilly fuhr herum und fixierte Flo mit scharfem Blick. »Der Bäckerjunge?!«
Flo schluckte. »Was für ein Bäckerjunge?«, fragte sie möglichst ahnungslos, doch besonders überzeugend klang sie nicht.
»Das ist doch ein höchst merkwürdiger Zufall …« Lilly baute sich mit verschränkten Armen vor Flo auf. »Ausgerechnet der Junge, dem du ohnmächtig in die Arme fällst, findet eine halbe Stunde später einen Hinweis von den Entführern deiner kleinen Schwester?!«

Flo hatte sich nun wieder gefangen. »Ja, so etwas soll es geben«, sagte sie kühl und gab Lilly einen Schubs. »Und jetzt mach hin. Mir läuft schon die sechste Klasse in die Hacken.« Dabei schielte sie zwischen den Cousinen hindurch, Richtung Torhaus. Der Eingang war nur noch fünf Meter entfernt.

»Vielleicht sollte ich Madame Maseleige fragen, ob sie auch an solche Zufälle glaubt?«, höhnte Lilly.

Flo gab ihr einen weiteren Stoß. Sie musste die beiden Schleimschnecken jetzt so schnell wie möglich in den dunklen Torbogen drängen – aus dem Blickfeld der Lehrer. Denn eins war so klar wie die Edelsteine in der Artus-Krone: Wenn Cilly und Lilly jetzt direkt zu Madame laufen und sie verpetzen würden, wäre Charly verloren!

»Und was wohl Direktorin Petronova davon hält?«, keifte Cilly, während sie nun von Blanca und Pina zurückgedrängt wurde.

Flo verpasste Lilly den nächsten Schubs, doch jetzt stemmte sie sich mit aller Kraft dagegen.

»Dein Verhalten zeigt nur, dass wir vollkommen richtig liegen«, zeterte Lilly.

Da drückte ihr Flo eine Hand auf den Mund und schob sie mit größtmöglicher Wucht durch den Eingang des Torhauses.

»Damit kommst du niemals durch! Dafür werde ich sorgen«, presste Lilly unter ihren Fingern hervor, während Cilly von Blanca und Pina überwältigt wurde.

Flo warf Min-Hai und Abeba einen kurzen Blick zu. »Ihr habt gefragt, ob ich eure Hilfe brauche? *Jetzt!* Haltet die beiden Schleimschnecken auf. So lange wie möglich!«

»Nur zu gern!«, sagte Abeba und drückte Lilly, ehe sie Luft holen konnte, in die dunkelste Ecke des Torhauses. Min-Hai schnappte sich Cilly. Jetzt kamen auch Olga und Minerva zu Hilfe.

»Jetzt oder nie!«, rief Flo und drängelte sich durch die hereinströmenden Sechstklässler zurück auf den Außenhof.

»Wir sind überhaupt nicht ausgerüstet. Wir brauchen doch einen Kompass, Messer, Pfeil und Bogen!«, zischelte Pina, während sie sich ihren Weg Richtung Stall bahnten.

»Wir holen uns das Nötigste aus Aarons Kammer!«, rief Flo über die Schulter, dann griff sie an ihre Hosentasche und fühlte das Handy. Wie gut, dass ich das bei mir habe, dachte sie und stellte es sicherheitshalber vorerst aus. Auf keinen Fall durfte sie gleich jemand über das Telefon orten und finden können!

Zum Glück wurde Madame Maseleige gerade von einer ganzen Traube Schülerinnen und Lehrern belagert, sodass sie unbemerkt zum Stall gelangen konnten.

Flo kannte sich in Aarons Kammer gut aus. Wie oft hatten sie sich hier im Winter bei einem Ingwertee aufgewärmt. Zielsicher riss sie den Spind mit den Reitsachen auf und kramte Jacken und Regencapes hervor. Pina suchte alles Essbare aus dem kleinen Kühlschrank unter der Küchenzeile und verstaute es in Satteltaschen.

»Hier!« Flo warf Blanca ein paar Reithosen zu. »Zieh an.«

»Ich kann das nicht«, sagte Blanca.

Flo rollte mit den Augen. »Aaron hat keine Flöhe! Was ist so schlimm daran, seine Reithose anzuziehen?«

»Ich meine, ich kann nicht reiten.«

Pina sah Blanca erstaunt an. »Aber du hast doch schon mal auf einem Pferd gesessen, oder?«

Blanca schüttelte den Kopf. »Nicht, dass ich mich erinnere. Wir sind ein Volk von Seefahrern. Ich steuere euch jedes Schiff durch einen Sturm – aber auf so einem Gaul wird mir übel.«

»Da musst du jetzt durch!«, stellte Flo schulterzuckend fest. »Mit Seepferdchen oder Walrössern können wir dir leider nicht dienen, aber wir werden schon ein idiotensicheres Pferd für dich finden.«

»Vielleicht ein nicht so großes?« Blanca sah sie bittend an.

»Kleiner ist nicht leichter«, sagte Pina, während sie jetzt wahllos Schubladen aufriss und durchwühlte. »Ich bin für Aarons alte Stute, Juno. Die ist trittsicher wie eine Bergziege, brav wie ein Lamm, und sie versteht sich gut mit Eisenherz und Agas ... Wow!«, unterbrach sie sich selbst und hielt triumphierend einen alten Kompass hoch. In der nächsten Schublade fand sie außerdem zwei Taschenlampen und ein Schweizer Offiziersmesser.

Flo schnappte sich noch zwei Seile und einen Karabinerhaken, dann sagte sie: »Ihr verteilt das Zeug auf die Satteltaschen, ich sattele Juno. Dann geh ich nach vorn und mache Eisenherz fertig. Wir verstecken uns in den Boxen, bis die Reiterstaffel im Stall ist. Wenn die mit ihren Pferden beschäftigt sind, wird keiner auf uns achten, und wir hauen ab.« Sie drehte sich zu Blanca. »Ich nehme dein Pferd ans Führseil, du musst einfach nur versuchen, irgendwie oben zu bleiben. Okay?«

»Okay«, sagte Blanca und schlüpfte in die Reithose. »Könnten wir nicht auch mit Mountainbikes ...?«
»Nein«, antworteten Flo und Pina wie aus der Pistole geschossen und liefen raus in den Stallgang.

Kaum war Flo mit Juno fertig und in Eisenherz' Box verschwunden, stürmten auch schon die Mädchen der Reiterstaffel durch das Tor. Während die Schülerinnen ihre Sachen von den Sattelständern zogen, legte Flo Eisenherz die Trense an und sattelte ihn. Sie wartete, bis alle Mädchen in ihren Boxen verschwunden waren, dann stieß sie einen leisen Pfiff aus und trat mit ihrem Hengst auf den Gang. Sofort tauchten auch Pina, Blanca und die Stuten aus den Boxen auf. Niemand nahm Notiz von ihnen. Wer wunderte sich auch schon über Reiter und gesattelte Pferde auf dem Stallgang, wenn zum schnellen Aufbruch gerufen worden war? Zu Pinas Glück hatte eines der großen Mädchen sogar noch ihren Bogen und Köcher vor der Box abgestellt. Ohne ihren Schritt zu verlangsamen, griff sie zu.
Vor dem Stall klinkte Flo das Führseil an Junos Trense und gab Blanca einen Wink.
»Steig auf!« Umständlich steckte Blanca einen Fuß in den Steigbügel und hievte sich galant wie ein Pottwal auf den Pferderücken. Beinahe wäre sie gleich wieder auf der anderen Seite heruntergefallen.
»Himmel, Matsch und Lanzenbruch«, stieß Flo entgeistert hervor.
Im selben Moment hörte sie ein Husten. Sie fuhr herum. In der Tür des Stalls stand Aaron – und starrte sie sprachlos an.

»Entschuldigung, Aaron!«, sagte Flo. »Ich mach das wieder gut.« Dann schwang sie sich in den Sattel und schnalzte. Aus dem Stand preschte Eisenherz los. Blanca entfuhr ein spitzer Schrei. Sie konnte sich gerade noch in Junos Mähne festkrallen, dann jagte die Stute dem schwarzen Hengst hinterher.

Kapitel Achtzehn

In rasendem Tempo trieb Flo ihr Pferd in die Berge hinauf. So schnell sie konnte, bog sie von dem gut ausgebauten Weg in einen schmalen Trampelpfad weiter aufwärts. Das war zwar anstrengender, aber sicherer. Denn eins war so klar wie Petronovas Vergangenheit als Spionin: Die Direktorin würde ihnen sofort die Reiterstaffel und das Drohnengeschwader nachjagen. Erst nach einer guten halben Stunde wagte Flo, das Tempo zu drosseln.

»Soweit ich sehen konnte, ist uns niemand gefolgt!«, rief Pina und trabte neben ihre Freundin.

Flo nickte. »Wir sollten einen kleinen Vorsprung haben. Aber lang wird der nicht halten.«

Im selben Moment stöhnte es hinter ihnen laut auf.

»Aaaaah!«

Flo und Pina drehten sich um. Blanca hing vornübergebeugt im Sattel und krallte sich immer noch so fest in Junos Mähne, als säße sie auf einem Schleudersitz!

Flo konnte sich ein Grinsen nicht verkneifen. »Du lebst ja noch.«

»Das kriegt ihr wieder«, ächzte Blanca und richtete sich

mühsam auf. »Ich werde euch bei Windstärke neun an den Mast binden!«
Flo zuckte mit den Schultern. »Wenn wir Charly befreit haben, kannst du mich von mir aus bei Windstärke zwölf an den Bug ketten. Aber bis dahin gibt es keine Gnade für niemanden.«
»Lasst uns lieber überlegen, wie wir unsere Spuren verwischen«, mischte sich Pina ein. »Petronova braucht nur den kleinsten Anhaltspunkt, in welche Richtung wir uns bewegen, dann hat sie uns.«
»Was schlägst du vor?«, fragte Flo.
»Wir müssen steinigen Boden oder einen Bach suchen – irgendeinen Untergrund, auf dem wir keine Abdrücke hinterlassen.«
»Wir haben aber keine Zeit für große Umwege«, warf Blanca ein und zog den Kompass aus ihrer Tasche. Dann zeigte sie schräg rechts nach vorn. »Egal wie – wir müssen uns in diese Richtung bewegen.«
»Lasst uns einfach sehen, was kommt«, sagte Flo und ließ Eisenherz wieder in einen leichten Trab fallen.
Hinter einem Waldstück stießen sie auf ein Flüsschen. Sein Lauf führte zwar nicht direkt in ihre Richtung, aber auch nicht in die entgegengesetzte, und so entschieden sie, ihm erst einmal zu folgen.
Während die Pferde durch das flache Wasser wateten, versank die Sonne hinter den Bergen. Bevor die Nacht ganz hereinbrach, verließen sie an einem steinigen Uferstück das Flussbett. Flo knipste ihre Taschenlampe an, und sie folgten dem mageren Lichtkegel weiter den Berg hinauf.

Ab jetzt gab es keinen Pfad, keinen Weg mehr, nur eine steinige, öde Landschaft. Hin und wieder brach der Mond zwischen den Wolken hervor, und im fahlen Licht erschienen Felsen und Steine wie wilde Tiere oder riesige Monster. Das Geröll knirschte unter den Hufen der Pferde. Doch auch um sie herum schienen die Steine in Bewegung zu sein. Blitzte da ein gelbes Augenpaar auf? Flo riss die Taschenlampe herum und versuchte, etwas auszumachen – doch außer grauen, toten Felsen war nichts zu sehen. Wahrscheinlich spielt mir nur die Müdigkeit einen Streich, dachte sie, zog fröstelnd eine viel zu große Fleecejacke aus den Satteltaschen und kuschelte sich hinein. Ihr Arm war schon ganz lahm, vom Halten der schweren Stablampe. »Hätten wir nur unsere Stirnlampen dabei«, murmelte sie.
»Wollen wir uns mit der Führung abwechseln?«, schlug Pina vor. »Dann kann wenigstens eine von uns immer etwas dösen.«
Flo nickte und ließ Pina an sich vorbeiziehen. Eisenherz und Juno würden Agas folgen, und sollten sie tatsächlich ausbrechen oder sich erschrecken, wäre Flo sowieso sofort hellwach. Sie schloss die Augen und dämmerte unter dem gleichmäßigen, dumpfen Hufschlag der Pferde dahin. In ihren Ohren klang es wie ein endloses Char-ly-Char-ly-Char-ly.

Noch dreimal tauschten Flo und Pina den Platz an der Spitze. Dabei warfen sie jedes Mal einen Blick auf das abgepauste Kartenstück und den Kompass und vergewisserten sich, dass sie den richtigen Kurs hielten.

Weit nach Mitternacht erreichten sie endlich den Bergkamm. Für einen Moment waren sie erleichtert, denn jetzt lag nur noch ein kurzes Stück vor ihnen – doch die Ernüchterung folgte prompt: Die steinige Mondlandschaft, die sie nun überqueren mussten, war von tiefen Rissen und Spalten zerfurcht. Flo zügelte Eisenherz und sprang aus dem Sattel. »Wir sollten die Pferde besser führen.«

»Nur zu gern«, stöhnte Blanca und ließ sich von Junos Rücken plumpsen.

Sie zogen den Pferden die Zügel über die Köpfe und begannen den mühsamen Aufstieg.

Immer wieder rutschten sie auf dem losen Geröll aus. Riesige Felsbrocken versperrten ihnen den Weg, und tiefe Spalten zwangen sie zu Umwegen. Flo spürte, wie ihre Kräfte schwanden. Wie ein Roboter setzte sie die Füße voreinander. Ihr Magen knurrte, aber sie war zu müde, um stehen zu bleiben und sich etwas zu essen aus den Satteltaschen zu nehmen.

Immer häufiger kamen sie nun vom Weg ab und mussten ihre Richtung nach einem Blick auf den Kompass korrigieren. Mal waren sie zu weit nach links abgedriftet, mal hatten sie versehentlich einen Haken nach rechts geschlagen. Irgendwann zählte Flo nur noch ihre Schritte. Sie schaute nicht einmal mehr zurück, um zu sehen, ob die anderen ihr noch folgten. Sie wollte nur noch bei dieser Höhle ankommen, den verdammten Schatz finden und endlich ihre kleine Schwester befreien. Halt durch, mahnte sie sich. Für Charly.

»Stopp!«, rief Pina da plötzlich. »Wir müssen jetzt ein Stück parallel zum Berg gehen und dann zwischen den Höhenzügen hindurch.«

Als sie in die schmale Schneise zwischen den beiden Bergen tauchten, war es, als würden sie geradewegs in einem schwarzen Loch verschwinden. Nicht der kleinste Mondstrahl verirrte sich nun zwischen die Felswände. Flo zog die Schultern hoch und schwenkte ihre Taschenlampe hin und her. Die zerklüfteten Steilwände rechts und links warfen gespenstische Schatten. Mäuler taten sich auf, Klauen schossen hervor – doch bei genauerem Hinsehen entpuppte sich immer alles nur als graues, von Wind und Regen gemeißeltes Gestein.

»Da!« Pina leuchtete auf eine Felskante, die wie ein kleines Dach hervorragte. Dann richtete sie den Strahl direkt in den Felsschlund und stieß einen Jubelschrei aus: »Wir sind da!«

Flo sackte in sich zusammen, und Blanca fiel erschöpft auf die Knie.

Einen Moment verharrten sie alle drei, dann raffte Flo sich wieder auf. »Los!«, sagte sie und führte Eisenherz unter den Vorsprung. Jetzt erst sah sie, dass sich darunter ein großer, breiter Raum auftat.

»Das ist perfekt!«, rief Pina. »Hier können wir die Pferde lassen, ohne dass sie von Petronovas Wärmebildkameras entdeckt werden könnten.«

Sie sattelten ab, nahmen einen Teil des Proviants aus den Satteltaschen und folgen dem Licht ihrer Taschenlampen tiefer in den Raum hinein. Plötzlich erfasste der Strahl ein kleines, dunkles Loch.

»Ich fürchte, wir müssen jetzt da rein«, sagte Flo.
»Hui«, machte Blanca. »Wer geht zuerst?«
»Immer der, der fragt«, antwortete Flo.
»Kein Problem!« Blanca nahm ihr die Taschenlampe aus der Hand und verschwand in dem Loch.
Flo und Pina wechselten einen anerkennenden Blick. Mut hatte sie. Das musste selbst Flo zugeben.
Dann tauchten sie nacheinander in das schwarze Nichts.

Kapitel Neunzehn

Hinter dem Einstiegsloch befand sich ein niedriger, enger Gang. Er war gerade so hoch, dass Flo gebückt stehen konnte. An manchen Stellen wölbte sich der schroffe Fels so weit vor, dass er rechts und links ihre Schultern berührte. Es fühlte sich an, als hätte der Berg den Spalt nur widerwillig freigegeben … Als würde er ihn am liebsten sofort schließen, damit sie nicht in sein Innerstes vordringen konnten. Flo überkam ein mulmiges Gefühl. Unter anderen Umständen hätte sie sofort kehrtgemacht. Sie kannte diese Höhle nicht. Sie hatte keine Ahnung, was sie erwartete. Außerdem waren sie schlecht ausgerüstet. Aber hatte sie eine Wahl? Es ging um das Leben ihrer kleinen Schwester. Selbst wenn jetzt der Boden beben und die Wände wackeln würden – sie müsste weitergehen. Die Uhr auf ihrem Handy lief unerbittlich rückwärts, und die Entführer kannten kein Erbarmen. Tapfer setzte Flo einen Fuß vor den anderen.

»Schneller!«, Pina gab ihr einen leichten Schubs. »Sonst verlieren wir den Anschluss.«

Flo nickte. Blanca war ihnen schon etwa zehn Meter voraus. Ihre coole Zielstrebigkeit verwirrte Flo. Hatte sie gar keine

Angst?! Sie marschierte so locker drauflos, als würde sie die Höhle kennen! Schnell legte Flo an Tempo zu. Irgendwie hatte sie das blöde Gefühl, dass sie Blanca ab jetzt besser keine Sekunde mehr aus den Augen lassen sollte.
Der Weg schlängelte sich gut hundert Meter in den Berg hinein, dann riss er abrupt ab, und eine Öffnung tat sich im Boden auf.
Blanca leuchtete mit der Taschenlampe hinunter. Der Schacht war nur knapp zwei Meter tief – trotzdem war ein Sprung hinunter unmöglich, denn der Boden darunter war von gefährlich spitzen und kantigen Steinen übersät.
»Wir befestigen eins der Seile und klettern runter«, entschied Flo.
»Wir haben bloß zwei Seile, die nicht besonders lang sind«, entgegnete Blanca. »Wenn wir jetzt eins hier befestigen und zurücklassen, können wir uns vielleicht nirgendwo anders mehr abseilen.«
»Aber wenn wir jetzt nur eine Schlaufe schlagen und das Seil anschließend runterziehen, kommen wir vielleicht niemals wieder hoch«, gab Pina zu bedenken.
»Eben. Sitzen wir in dieser Höhle fest, ist Charly verloren. Das Seil bleibt hier«, bestimmte Flo.
»Moment!« Blanca baute sich vor Flo auf. »Du gibst hier nicht allein den Ton an!«
»Es geht um das Leben *meiner* kleinen Schwester«, fauchte Flo. »Und da habe ich ganz sicher das letzte Wort!«
»Sicherheit steht über allem«, versuchte Pina, zu schlichten. »Und im Zweifelsfall können wir immer noch zurück und das Seil holen. Okay?«

Blanca antwortete nicht.
Pina löste das Seil von ihrem Gürtel und befestigte es an einem großen Felsen. Ohne dass sie über die Reihenfolge gesprochen hatten, fasste Blanca das Seil und rutschte als Erste hinab in die Tiefe. Dann folgte Pina und zuletzt Flo.
Als sie unten ankam, glaubte sie ihren Augen nicht. Sie war in einer Märchenwelt gelandet! Mitten in dem düsteren, kalten Berg befand sich ein unwirklich schimmernder Palast. Von der Decke, aus dem Boden, überall wuchsen weiß und gelb schimmernde Tropfsteine. Sie waren grazil, ja geradezu majestätisch, und ihre blitzenden Enden scharf wie Dolchspitzen. Im Schein der Taschenlampen warfen sie schimmernde Bilder von gespenstischer Schönheit an die Wände.
»Als wären wir auf einem anderen Stern«, hauchte Flo.
»Ja, schön, aber wir müssen weiter«, drängte Blanca. »Da rüber!« Sie deutete auf einen Durchgang, der aus der Tropfsteinhöhle hinausführte.
»Da ist auch noch ein Tunnel!« Pina zeigte auf die andere Seite.
Unschlüssig sahen sie von rechts nach links.
»Gibt es dazu irgendeinen Hinweis auf der Karte?«, fragte Flo.
Pina zog das Pergament aus der Hosentasche und richtete die Taschenlampe darauf. »Die Linie führt nur immer weiter in den Berg hinein – Abzweigungen sind da nicht eingezeichnet.«
»Mist«, stöhnte Flo und überlegte, was Ringstrøm in solch einem Fall getan hätte.
»Mein Gefühl sagt mir, da lang«, beharrte Blanca.

»Es geht hier aber nicht um dein Gefühl«, entgegnete Flo unwirsch.

»Aber ich bin meiner Vorfahrin am nächsten, und die Wahrscheinlichkeit, dass ich ...«

»Du hast keinen blassen Schimmer, wie deine Vorfahrin getickt hat. Sonst hättest du das Rätsel ja allein lösen können!«, fuhr Flo sie an.

»Aufhören«, schrie Pina. »Ich halte das echt nicht mehr aus! Wir sind alle am Ende und müde und hungrig! Aber anstatt unsere Kräfte zu bündeln, um den Schatz finden, streitet ihr um jeden Piep!«

Flo und Blanca schwiegen.

Pina holte Luft und sagte dann in einem ruhigeren Tonfall: »Ich schlage vor, wir nehmen Blancas Weg. Die Entscheidung war aus dem Bauch und spontan – und wir haben kein schlagendes Argument dagegen.«

»Na super«, stieß Flo wütend aus, schnappte sich Pinas Taschenlampe und stapfte an den beiden vorbei auf den Tunnel zu.

Ihr Lichtstrahl erhellte einen breiten, hohen Gang, der aussah, als hätte jemand eine Tüte monströser gebrannter Mandeln darin ausgeschüttet. Riesige, honigfarbene Felsbrocken, rau wie der zuckrige Überzug, verwandelten den Boden in ein einziges Geröllfeld. Vorsichtig und auf allen vieren begann Flo, sich über die Trümmer voranzutasten. Dabei musste sie höllisch aufpassen: Immer wieder taten sich gemeine Spalten zwischen den Steinen auf, und ehe sie sich's versah, war sie mit dem Fuß oder der Hand hineingerutscht und steckte fest.

»Mist, verdammter. Verdammter-dammter Mist«, fluchte sie leise vor sich hin, während sie im Schneckentempo vorankrabbelte. Hinter ihr flackerte der Strahl von Pinas Taschenlampe, und durch das Knacken der Steine hörte sie leises Gemurmel.
Die beiden verstehen sich ja super, dachte Flo wütend und legte einen Zahn zu. Was fand Pina nur an dieser dämlichen Piratenkuh? Dass Charly sich von Cupcakes und Segelschiff-Tattoos beeindrucken ließ – okay. Schließlich war sie erst acht. Aber Pina?! Und dann dieses ständige Streitschlichten! Was bildete sie sich überhaupt ein?! Eins war jedenfalls klar: Sobald Charly frei war, wollte *sie* mit Blanca nie wieder etwas zu tun haben! Und wenn Pina gern mit ihr in einem Zimmer bleiben wollte – bitte! Dann würde sie halt zu Min-Hai und Abeba ziehen. Oder zu Olga und Minerva. Dann konnten die drei glücklich werden: Pina, Blanca und ihr tolles Bauchgefühl! Wo war es denn bitte, als Charly entführt wurde?! Ärgerlich schleuderte Flo einen Stein aus dem Weg – und stockte. Das hatte geklungen wie ein Aufprall! Flo hielt ihre Taschenlampe hoch und blinzelte angestrengt in den Gang. Bisher hatte sich der Lichtschein immer in der Dunkelheit verloren, aber jetzt wurde er zurückgeworfen ...
Nein!, dachte sie und krabbelte eilig weiter. Lass das bitte nicht wahr sein! Sie umrundete zwei besonders dicke Felssteine, kletterte über ein paar Trümmer – und kniete direkt vor einer Wand. Es gab kein Rechts, kein Links und auch kein Loch im Boden. Der Tunnel war eine Sackgasse.
In Flo begann es zu brodeln. Innerhalb von Sekunden blub-

berte die Wut in ihren Adern wie heiße Gulaschsuppe in einem Messingkessel. Sie hatten zwanzig Minuten ihrer knappen Zeit vergeudet. Und genauso lange würden sie noch einmal für den Rückweg brauchen. Und das alles nur, weil sie auf diese Plätzchen backende Piratin gehört hatte! Flo drehte sich um und begann, zurückzukriechen. Wenn sie jetzt zu spät kamen, um Charly zu retten, dann würde sie diese Seekuh ihren eigenen Fischen zum Fraß vorwerfen! Und Pina konnte bleiben, wo der Bison pupste!

»Hey, was ...?« Pina kniff die Augen zusammen, als Flos Lampenstrahl sie mitten ins Gesicht traf. Wortlos krabbelte Flo an ihr vorbei.

»Kannst du mal sagen, was los ist?«, fragte Blanca.

»Euer supertolles spontanes Bauchgefühl war leider falsch«, fauchte Flo. »Danke! Aber unterhaltet euch ruhig noch ein bisschen und tauscht Backrezepte aus – ist ja alles nicht so wichtig!«

»Flo!«, fuhr Pina auf. »Das war keine Absicht! Jeder von uns macht mal einen Fehler!«

»So?!« Flo blitzte sie wütend an. »Ich wäre in den anderen Tunnel gegangen. Aber du wusstest es ja besser!«

Pina schloss für eine Sekunde die Augen und sagte dann mit bebender Stimme: »Du hast Angst um Charly. Und du bist erschöpft, aber deshalb darfst du mich nicht so behandeln!«

»Meine kleine Schwester ist in Lebensgefahr!«, brüllte Flo. »Und du machst dir Gedanken, wie ich dich behandele? Das ist doch alles *ihre* Schuld!« Sie zeigte mit dem ausgestreckten Finger auf Blanca. »Und jetzt soll ich auch noch dankbar sein, wenn durch ihr wellengeschleudertes Bauchgefühl Charlys Rettung schiefgeht?!«

Nun fuhr Blanca auf. »Hey, ich habe deine kleine Schwester nicht gefragt, ob sie in meine Gruppe will, und es war auch nicht meine Idee, das Tattoo ...«

»Du kannst mich mal!« Flo drehte sich um – und im selben Moment rutschte ihr Fuß in eine Felsspalte. Ein jäher Schmerz durchzuckte ihren Knöchel. Sie biss die Zähne aufeinander, um nicht laut aufzuschreien.

»Alles okay?« Pina krabbelte eilig heran.

»Lass mich!« Flo hob abwehrend die Hände. Sie schloss kurz die Augen und zog ihr Bein aus der Spalte. Vor Schmerz schossen ihr die Tränen in die Augen. Jetzt bloß nicht losheulen, dachte sie. Dann zog sie die Nase hoch, schüttelte sich und kroch weiter. In ihrem Rücken flackerte Pinas Taschenlampe. Die beiden folgten ihr. Doch diesmal sprachen sie kein Wort.

Als Flo die Höhle mit den Tropfsteinen wieder erreicht hatte, zog sie ihre Socke runter und warf einen Blick auf den Knöchel. Er war geschwollen und an den Seiten aufgeschürft, aber es sah nicht so aus, als sei etwas gebrochen oder gerissen. Trotzdem tat jeder Schritt weh.

»Wollen wir eine kurze Pause machen?«, fragte Pina.

Flo antwortete nicht. Sie humpelte auf den zweiten Tunneleingang zu und tauchte in das niedrige Loch.

Diesmal war der Boden eben und sandig. Dafür war die Decke so niedrig, dass gerade mal ein Schäferhund aufrecht hätte hindurchlaufen können. Flo ging auf die Knie und atmete auf. Es tat gut, den geschwollenen Knöchel zu entlasten. Bevor sie loskroch, leuchtete sie sicherheitshalber noch einmal die Wände ab. So ein enger Schlauch, in dem man nicht ausweichen konnte, war nicht ungefährlich. Doch sie entdeckte keine Spuren von Schlangen, Spinnen oder anderem giftigen Getier. Weiter!, trieb sie sich selbst an und krabbelte los.

Hinter sich hörte sie das Scharren von Pinas und Blancas Knien auf dem sandigen Grund. Ein Glück, dass ich mich in dem engen Tunnel nicht umdrehen und zurückschauen kann, dachte Flo. Und noch besser, dass jetzt keine Pina mit schlauen Indianerweisheiten neben mich krabbeln und nerven kann!

Versunken in eisiges Schweigen, legten sie Meter um Meter zurück. Nach jeder Biegung – und davon gab es eine Menge – hoffte Flo, auf den Schatz zu stoßen. Doch der Gang schlängelte sich immer nur weiter durch den Berg und schien nicht enden zu wollen. Sie fürchtete schon, auf der anderen Seite wieder herauszukommen, als sich ein Geräusch in ihren Kopf schlich. Ein leises Rauschen. Bildete sie sich das ein, oder floss da tatsächlich irgendwo Wasser? Flo legte den Kopf nach rechts und links und lauschte. Das Plätschern blieb. Irgendwo, ganz in der Nähe, musste ein unterirdischer Fluss sprudeln. Natürlich, schoss es Flo durch den Kopf. Der wellenförmige Kreis am Ende um den Schatz bedeutete Wasser!

Es konnte also nicht mehr weit sein. Sie zog das Tempo an. Der Gang nahm eine lange Kurve, sie krabbelte schneller – da tappte ihre rechte Hand plötzlich ins Leere. Sie kippte nach vorn und konnte sich gerade noch an der gegenüberliegenden Wand abstützen, bevor sie kopfüber in ein Loch im Boden gestürzt wäre! Flos Herz klopfte bis zum Hals, eine Hitzewelle fuhr ihr durch den Körper. Vorsichtig reckte sie den Kopf und leuchtete in das Loch: Etwa drei Meter unter ihr sprudelte ein breiter Fluss. Das Wasser war glasklar, trotzdem konnte sie nicht abschätzen, wie tief es war. Sie rutschte zurück und hielt die Lampe hoch. Direkt vor ihrer Nase war Schluss. Aus. Ende. Weiter ging es nur durch das Loch im Boden. Flo rief sich noch einmal die Karte auf dem Pergamentpapier in Erinnerung. Ganz am Ende der Zeichnung ringelte sich eine wellenförmige Linie um das dicke Kreuz herum. War der Schatz von Wasser umgeben? Vielleicht auf einer Insel? Sie beugte sich noch einmal in das Loch und richtete den Lampenstrahl flussauf- und flussabwärts, doch so etwas wie eine Insel war nirgendwo zu entdecken. Zu gern hätte sie noch mal einen Blick auf die Karte geworfen, aber blöderweise steckte die in Blancas Hosentasche!

Kapitel Zwanzig

Das Scharren verstummte, als Pina und Blanca dicht hinter Flo stoppten.

»Müssen wir mit oder gegen die Strömung?«, fragte Flo unwirsch und ohne sich umzudrehen.

Blanca zog das Pergament aus ihrer Tasche und betrachtete es im Lampenschein. »Auf der Karte geht der Weg immer geradeaus durch die Höhle bis zu diesen Wellenlinien, die sich um den Schatz schlängeln.«

»Hier kann man aber nicht geradeaus, sondern nur rechts oder links«, unterbrach Flo gereizt. »Sonst würde ich ja nicht fragen!«

Im selben Moment bekam sie einen Schubs und landete unsanft an der Wand. Blanca drängelte sich an ihr vorbei, warf einen kurzen Blick durch das Loch und ließ sich dann einfach ins Wasser fallen.

»Spinnt die?«, rief Flo. Aber gleichzeitig musste sie zugeben, dass Blanca so ziemlich das mutigstes Mädchen war, das sie bisher gesehen hatte. Allerdings war sie auch das wahnsinnigste. Denn wer sprang schon einfach so in unbekanntes Gewässer?

»Sie ist halt Piratin«, sagte Pina. Dann tickte sie Flo an den Arm. »Hey, die Entscheidung für den ersten Tunnel war nicht *gegen* dich. Glaubst du, ich würde jemals etwas tun, was dir schadet?«

Flo drehte den Kopf weg. Ihr Hals zog sich zu, und nun musste sie auch noch heftig schlucken.

»Flo!« Pina hob die Hand zum Schwur der Cherokee. »Du bist meine Blutsschwester. Darum ist Charly auch meine Schwester. Ich werde alles, wirklich alles tun, um sie zu retten.«

»Ihr Landratten da oben!«, hallte es da vom Fluss herauf. »Macht mal hin! Das hier ist keine warme Badewanne!«

»Erst, wenn ich weiß, wo es langgeht!«, rief Flo zurück.

Blanca stöhnte, dann verschwand sie kopfüber unter Wasser. Nach einem Moment tauchte sie wieder auf.

»Der Gang geht weiter – nur eine Etage tiefer!« Sie pikste mit dem Zeigefinger ins Wasser.

Flo leuchtete mit der Lampe auf die Stelle, doch das Wasser reflektierte den Lichtschein, und sie konnte nichts erkennen.

»Ihr müsst euch schon mal nass machen, wenn ihr einen Piratenschatz heben wollt!«, rief Blanca.

»Und wie lang ist der Tunnel unter Wasser?«, fragte Pina.

Blanca zuckte mit den Schultern. »Keine Ahnung, das werden wir gleich sehen.«

Flo zeigte ihr einen Vogel. »Wir tauchen doch nicht in irgendeinen Gang, ohne zu wissen, wo er zu Ende ist und wann wir wieder atmen können!«

Blanca verdrehte genervt die Augen. »Los, gebt mir das Seil.

Ich binde das Ende um meinen Fuß. Wenn ich dreimal kräftig rucke, habe ich einen Raum mit Luft gefunden. Wenn nichts kommt, müsst ihr mich irgendwie zurückziehen. Aber dafür müsst ihr jetzt leider auch hier reinspringen.«
»Das ist Wahnsinn!«, rief Pina.
»Ohne Risiko keine Beute«, entgegnete Blanca.
Flo und Pina tauschten einen Blick, dann seufzte Flo. »Wir haben keine Wahl.«
Pina löste das Seil, das sie um die Hüfte trug, und warf Blanca ein Ende zu. Das andere knotete sie an ihren Gürtel. Dann setzte sie ihren Rucksack ab, drehte sich um und rutschte langsam über die Kante.
»Pack die Taschenlampen in die Provianttüten. Die sind wasserdicht«, rief sie Flo noch zu. Dann ließ sie los.
»Verdammte Axt, ist das kalt!«, schrie Pina, als sie prustend aus den Fluten wieder auftauchte.
»Und los!«, rief Blanca, schnappte noch einmal nach Luft und verschwand unter der Wasseroberfläche.
Währenddessen riss Flo den Rucksack auf und leerte die Provianttüten. Eilig stopfte sie die Taschenlampen hinein. Durch die Folie war das Licht gleich viel schwächer. Nur noch vage erkannte sie Pina, die im Fluss hin und her paddelte.
»Achtung, ich springe!«, rief Flo und ließ sich durch das Loch hinuntergleiten.
Das Wasser war so eisig, dass es ihr für einen Moment den Atem verschlug. Als sie auftauchte, zählte Pina gerade »zwölf«.
Flos Zähne klapperten. Mit aller Kraft strampelte sie gegen die Kälte an.

»Fünfzehn«, murmelte Pina.
Wie lang kann man bei dieser Temperatur wohl unter Wasser bleiben?, fragte sich Flo. Ihr fiel ein, dass beim Untergang der Titanic mehr Menschen erfroren als ertrunken waren. Wann würden sie in diesem Eiswasser das Bewusstsein verlieren?
»Ein Ruck!«, rief Pina da. »Noch einer! Und der dritte! Sie hat es geschafft!« Unter Wasser löste sie das Seil von ihrem Gürtel und reichte es Flo. »Binde dich an. Ich hangele mich am Tau entlang. Wenn ich angekommen bin, rucke ich auch drei Mal. Passiert nach zwanzig Sekunden nichts, musst du mich da rausholen. Versprochen?«
»Du kannst dich auf mich verlassen, Blutsschwester«, schnatterte Flo und reichte ihr eine eingetütete Taschenlampe.
Pina lächelte tapfer. »Ich vertraue dir.« Dann tauchte sie ab. Leise zählte Flo die Sekunden. Als sie bei siebzehn angekommen war, wurde sie nervös. Achtzehn, neunzehn – da endlich die erlösenden Rucke im Seil. Pina hatte es geschafft! Flo stellte sich vor, wie ihre Freundin jetzt Luft holte, aus dem Wasser stieg und das Seil in die Hand nahm.
Nun zog sie ebenfalls dreimal und stürzte sich kopfüber in den Fluss.
Der Tunnel lag knapp unter der Wasseroberfläche. Flo fasste rechts und links an die glatt gespülten Wände und drückte sich in den schmalen Gang. Die Taschenlampe warf ein gespenstisches, zuckendes Licht. Immerhin muss ich nicht im Dunkeln tauchen, dachte Flo, während sie sich an den glitschigen Wänden vorantastete. Im Kopf zählte sie mit.

Bei zehn spürte sie, wie der Druck in ihren Lungen zunahm. Elf, zwölf – sie wollte atmen. Dreizehn – sie strampelte wie verrückt mit den Füßen. Vierzehn, sie musste schneller werden! Fünfzehn, sechzehn. Flo fühlte einen stechenden Schmerz im Kopf. Sie tastete die Decke ab – irgendwo musste sie doch auftauchen können! War sie in eine Falle getappt?

Da stieß ihre Hand durch die Wasseroberfläche. Flo riss den Kopf hoch und schnappte nach Luft. Pina und Blanca zerrten sie an den Armen auf einen kalten, glatten Stein.

Flo brauchte einen Moment, bis sie wieder ganz bei sich war. Tauchen in Höhlen oder Wracks war ihr noch nie geheuer gewesen – und jetzt wusste sie einmal mehr, warum: Sie hasste das Gefühl, die Kontrolle zu verlieren. Und unter Wasser in geschlossenen Räumen war man vollständig ausgeliefert. Immer noch japsend, öffnete Flo den Plastikbeutel und zog die Taschenlampe heraus. Dann stand sie auf und drehte sich mit der Lampe in der Hand um die eigene Achse. Der Strahl wanderte über die kleine Insel, erhellte eine Erhebung, verlor sich in einer Mulde und erfasste – die Schatztruhe!

»Beim heiligen Gral!«, stieß Flo aus. Pina sandte einen Dankesgruß an Mutter Sonne, und Blanca brüllte: »Zum versoffenen Klabautermann!«

Mit wackeligen Schritten humpelte Flo auf die Truhe zu. Sie war etwa so groß wie ein Schuhkarton für Winterstiefel. Das Holz war alt und verwittert und das Messing der Beschläge fleckig und angelaufen. Fast hundert Jahre hatte sie hier auf ihren Finder gewartet. Hundert Jahre hatte sie den Schatz des Henry Morgan verwahrt – den Schatz, der jetzt ihre kleine Schwester retten sollte.

Pina und Blanca traten neben sie, und für einen Moment blieben sie andächtig vor der kleinen Kiste stehen. Aus ihren Hosen und Haaren triefte das Wasser, doch in diesem Augenblick spürten sie weder Nässe noch Kälte. Sie hatten es geschafft, sie hatten den Schatz gefunden.

Nebeneinander knieten sie vor der Truhe nieder. Behutsam löste Blanca den Riegel, Pina öffnete den Deckel – und dann klappte allen dreien der Kiefer herunter.

Kapitel Einundzwanzig

»Was ist das?« Mit aufgerissenen Augen deutete Flo in die Kiste.

»Ich hatte mir das irgendwie auch … anders vorgestellt«, ploppte es aus Pina hervor.

Blanca schwieg. Sie griff in die kleine Schatztruhe und zog eine alte, wettergegerbte Pergamentrolle hervor. Nun war die Kiste leer.

»Das kann doch nicht alles sein!« Flo schnappte sich die Truhe und schüttelte sie kopfüber. »Wo ist das Gold? Die Edelsteine?« Sie klopfte die Wände ab, ruckelte an dem Deckel. Doch vergeblich. Die kleine messingbeschlagene Truhe war und blieb leer.

Ganz zart, als könnte sie jeden Moment zu Staub zerfallen, entrollte Blanca mit spitzen Fingern das Pergament.

»Bei allen Seeungeheuern und Sirenen!«, krächzte sie und wurde vor Ehrfurcht kreidebleich.

»Sirenen und Seeungeheuer helfen uns auch nicht weiter«, schimpfte Flo. »Sag mir lieber, wie wir mit diesem Lappen meine kleine Schwester befreien sollen?!«

»Das –«, hauchte Blanca und zeigte mit zittrigen Fingern

auf die Pergamentrolle. »Das da ist eine Original-Abschrift der *Articles of Agreement*!«

»Häh?«, machten Flo und Pina gleichzeitig.

»Der Piratenkodex«, flüsterte Blanca. »Henry Morgan, Freibeuter und Gouverneur von Jamaika, mein berühmter Vorfahr höchstpersönlich hat ihn geschrieben. Es ist so eine Art Versicherung für die Mitglieder einer Piratencrew. Damit sie versorgt sind, nach schweren Verletzungen oder Verlusten von Körperteilen. Dieses Papier ist von unschätzbarem Wert.«

»Na, super«, schnaubte Flo. »Hoffentlich sehen die Entführer das genauso.«

Blanca sah auf. »Dieses Stück Pergament ist nicht mit Diamanten aufzuwiegen! Es ist Millionen wert, wenn nicht gar Milliarden –«

»Aber das nützt den Entführern überhaupt nichts!«, fiel Pina ihr ins Wort. »Selbst wenn das Ding so wertvoll wie tausend Kilo Gold ist – du kannst es nicht verkaufen. Das ist genau wie mit dem Sarg des Tutanchamun oder der Krone von Napoleon! Solche Museumsstücke kannst du nicht zu Geld machen, weil sie der Allgemeinheit, also *allen* gehören. Wenn du dir so ein Teil unter den Nagel reißt und verkaufen willst, fliegst du sofort auf!«

»Wusste irgendwer aus eurer Sippe, was genau in dieser Kiste ist?« Flos Ton war wieder scharf geworden.

Blanca schüttelte den Kopf.

»Also erwarten die Entführer einen echten, richtigen Schatz – Gold, Silber, Klunker – wie in Piratenfilmen.«

Blanca zuckte mit den Schultern.

»Und jetzt?!« Flo funkelte sie wütend an. »Wie wollen wir

in weniger als zwölf Stunden so einen Schatz auftreiben?!« Verächtlich zeigte sie auf die Pergamentrolle. »Denn dafür lassen die meine kleine Schwester nie frei!«
Pina presste die Fingerspitzen an die Schläfen und dachte angestrengt nach. »Hast du eine Ahnung, was Ringstrøm jetzt tun würde?«
Flo machte eine wegwerfende Bewegung. »In so einem Fall gibt es keine Strategie. In so einem Fall muss man improvisieren, täuschen, vorgaukeln, einfach loslegen!«
Pina sah auf. »Genau. Das würde Ringstrøm jetzt tun.«
»Und was heißt das?«, fragte Blanca.
Flo hielt kurz inne, dann verkündete sie: »Das heißt, dass wir den Piraten die Schatztruhe übergeben werden – aber nicht sagen, was drin ist. Und dann müssen wir uns mit Charly aus dem Staub machen, bevor sie das Ding geöffnet haben.«
»Okay, so werden wir es machen«, stimmte Pina zu, als wäre das so einfach wie Kaugummikauen.
Flo schüttelte sich die nassen Haare aus dem Gesicht. »Aber als Allererstes müssen wir hier raus. Wir müssen so schnell wie möglich an einen Ort, wo wir Handyempfang haben, damit die Entführer uns erreichen können.«
»Gibt es einen anderen Weg zurück als den, den wir gekommen sind?«, fragte Pina.
Flo leuchtete mit der Taschenlampe herum. Auch sie verspürte keine große Lust, noch einmal durch den Tunnel zu tauchen. Doch ganz offensichtlich konnte man die Insel nur so verlassen, wie man sie erreicht hatte.
»Dann los«, sagte Pina.
Sie steckten die Pergamentrolle in Pinas Proviantbeutel

zu der Taschenlampe und zogen den Zipper wieder fest zu. Dann tauchten sie in der derselben Reihenfolge zurück, wie sie gekommen waren: Zuerst Blanca mit der Rolle, dann Pina und zuletzt Flo mit der Schatzkiste, die sie ans Ende des Seils gebunden hatte.
Als Flo aus den Fluten auftauchte, stach die Kälte wie spitze Glasscherben in ihre Haut. Sie schlotterte am ganzen Körper. Das Ganze hatte nur ein Gutes: Sie spürte ihren schmerzenden Knöchel nicht mehr.
»Jetzt Drei-Mann-Hoch«, ordnete Blanca an, nachdem Flo die Schatzkiste auf einen Stein am Rand des Flusses gewuchtet hatte.
»Was?«, fragte Pina verwirrt.
»Noch nie gekapert?«, fragte Blanca grinsend. »Also gut, ich mach auch den Untermann.«
Und dann erklärte sie, wie »Drei-Mann-Hoch« funktionierte: Eine musste sich jeweils auf die Schultern der anderen stellen.
Blanca nahm den Platz auf dem Flussgrund unter Wasser ein, weil sie als echte Seefrau am längsten die Luft anhalten konnte. Auf ihre Schultern stellte sich Pina. Flo, die Leichteste, kletterte nach ganz oben. Von dort aus sollte sie versuchen, sich durch das Loch zu hangeln, um dann für die anderen das Kletterseil an einem Felsvorsprung zu befestigen. Das war gar nicht so einfach – zweimal kippten sie um und platschten der Länge nach ins Wasser. Flos Knöchel begann wieder zu schmerzen, doch sie stieg tapfer ein drittes Mal auf Pinas Schultern. »Für Charly, tu es für Charly«, murmelte sie unablässig, um sich anzuspornen. Und dies-

mal funktionierte es: Flo richtete sich langsam auf – und dann gelang ihr ein Sprung von Pinas wackeligen Schultern direkt an die Kante des Lochs. Mit aller Kraft zog sie sich empor und robbte in den Gang. Dann löste sie das Seil vom Gürtel und wickelte es um einen dicken Felsbrocken. Blöderweise verbrauchte die Schlinge einen Großteil des Seils, sodass das Ende jetzt nur noch anderthalb Meter durch das Loch hinunterbaumelte. Pina konnte es mit ausgestreckten Armen geradeso erhaschen – sie griff zu und hangelte sich hinauf. Doch für Blanca war es absolut unmöglich, an das Seil zu kommen.

Flo löste die Schlinge und ließ so viel Tau wie möglich hinab. »Wir müssen versuchen, es für dich zu halten!«, rief sie durch das Loch. »Aber vorher müssen wir noch die Schatztruhe hochziehen.«

Blanca musterte Flo misstrauisch und zögerte.

Flo verdrehte die Augen. »Wir lassen dich schon nicht da unten.«

»Das würdet ihr euch auch nie trauen. Meine Piratenmutter würde Fischfutter aus euch machen!«

»Deine Piratensippe kann mir mal die Rüstung runterrutschen. Von mir aus binde dir die Truhe doch an deinen Zopf und komm mit ihr hoch. Hauptsache, sie landet hier oben!«

Blanca verzog einen Mundwinkel. »Nicht nötig.« Sie schwamm zu der Truhe und knotete das Seil um den Griff. »Ihr könnt hochziehen!«

Pina und Flo holten das Seil Stück für Stück ein, bis die Truhe über den Rand rutschte. Dann quetschten sie sich gegenüber voneinander in den schmalen Gang und stütz-

ten sich mit den Füßen gegen die Wände. Sie wickelten das eine Ende des Seils um ihre Hände und ließen das andere hinab zu Blanca.
Pina schaute durch das Loch. »Es kann losgehen. Aber du musst schnell machen – lang können wir dich nicht halten.«
»Geht klar!«, rief Blanca, und das Seil machte einen heftigen Ruck.
Flo und Pina stemmten sich mit ihrer ganzen Kraft dagegen, doch ohne dass sie irgendetwas dagegen tun konnten, rutschten sie Millimeter für Millimeter auf das Loch zu. In Flos Fuß hämmerte der Schmerz. Das Seil schnitt in ihre Hände, und mit jedem Stück, das Blanca höher kletterte, schien sie schwerer zu werden. Flo fürchtete, dass ihre Finger gleich brechen würden. Pina kniff die Augen zusammen und presste zwischen den Zähnen hervor: »Durchhalten! Durchhalten!«
Als Flo glaubte, den Schmerz nicht mehr aushalten zu können, schlug Blancas Hand wie eine Pranke auf die Felskante. Pina packte zu und zerrte Blanca hinauf. Schwer atmend, ließen sie sich auf den sandigen Boden fallen.
»Dagegen sind die Geländespiele ein Kindergeburtstag«, keuchte Flo und schloss die Augen. Sie wartete, bis der Schmerz in ihren Händen und dem verletzten Fuß nachließ, dann schnappte sie die Truhe und rappelte sich auf. »Kommt, weiter!« Auf allen vieren krochen sie den Gang zurück.
Erst jetzt bemerkte Flo, wie die nasse Kleidung an ihrem Körper klebte und die Kälte in ihre Knochen kroch. Aber Rumjammern half nichts. Sie mussten so schnell wie mög-

lich aus dem Höhlenlabyrinth heraus, und an einen Ort, wo ihr Handy Empfang hatte. Bestimmt hatten die Entführer schon versucht, sie zu erreichen!

Als sie endlich aus dem schmalen Felsspalt hinaus ins Freie schlüpften, hatte sich der Himmel hinter den Bergen schon in ein blasses Rosa verfärbt. Ein Raubvogel drehte kreischend seine Runden, und Flo atmete die kühle, frische Morgenluft ein. Auch wenn sie nur eine Kiste mit einem Stück Papier gefunden hatten – irgendwie würden sie Charly damit befreien können. Sie durften jetzt nur nicht aufgeben und sich der Müdigkeit überlassen.

Kapitel Zweiundzwanzig

Die drei Pferde warteten geduldig am Rand des Felsvorsprungs. Flo zog ihr Handy aus einer der Satteltaschen und stellte es an. Die rückwärtslaufende Uhr zeigte zwölf Stunden, 45 Minuten und elf Sekunden. Und wie erwartet, hatten sie hier oben in den Bergen keinen Empfang.

»Wir sollten erst unsere Kleidung trocknen und etwas essen«, sagte Pina, als Flo nach ihrem Sattel griff.

»Klamotten trocknen am schnellsten im Wind und auf der Haut«, entgegnete Blanca.

Pina schüttelte energisch den Kopf. »Hunger, Kälte und Müdigkeit dürfen nicht überhandnehmen. Wir müssen klug und überlegt handeln – und das geht nur mit klarem Kopf und gestärktem Körper.«

»Fünfzehn Minuten – keine Sekunde mehr«, sagte Flo und zog ihr nasses Sweatshirt aus.

Pina sammelte schnell ein paar dürre Äste und entfachte ein kleines Feuer. Dann zogen sie sich bis auf die Unterwäsche aus und schwenkten die Kleidungsstücke vor den wärmenden Flammen. Nebenbei aßen sie von dem Brot und dem Käse, den sie aus Aarons Kühlschrank stibitzt hatten.

Nach genau vierzehn Minuten löschten sie das Feuer, zogen die klammen Sachen wieder an und sattelten die Pferde.
Während Blanca die Pergamentrolle einsteckte, verschnürte Flo die Schatztruhe hinter ihrem Sattel auf Eisenherz' Rücken. Sicher ist sicher, dachte sie. Dann stieg sie von der anderen Seite aufs Pferd, um ihren schmerzenden Fuß nicht zu belasten, und steckte ihn vorsichtig in den Steigbügel. Auch wenn der Weg über das Geröllfeld für die Pferde tückisch und voller Stolperfallen war, sie konnte jetzt nicht laufen. Bei Tageslicht wird Eisenherz die Strecke auch mit mir auf dem Rücken schaffen, beruhigte sich Flo. Pina und Blanca stiegen ebenfalls auf, und dann schlugen sie den Weg ein, den sie gekommen waren.
Alle fünf Minuten warf Flo einen Blick auf ihr Handy, doch die kleinen Halbkreise, die die Stärke des Empfangs anzeigten, blieben weiterhin leer.
Als sie das Geröllfeld hinter sich gelassen hatten, ritt Pina neben Flo. »In welche Richtung wollen wir weiter?«
»Wir sollten auf keinen Fall in die Nähe des Internats kommen!«, rief Blanca von hinten. »Wenn die uns schnappen, war alles umsonst.«
Flo dachte kurz nach. »Wenn ich Entführer wäre, dann würde ich einen Übergabeort auswählen, von dem ich gut in mehrere Richtungen fliehen könnte. Und ich würde mir ein Gebiet suchen, wo man nicht auffällt. Wo Fremde normal sind.«
»Das ist hier oben schwierig«, überlegte Pina laut. »Erst recht, wenn die Drohnen und die Reiterstaffel alles durchkämmen.«
Flo nickte. »Ich glaube, sie werden uns irgendwo tiefer tref-

fen wollen, wo größere Straßen sind und wo Fremde normal sind.«
»Piraten fliehen nicht über Land!«, rief Blanca wieder von hinten.
Flo drehte sich im Sattel um. »Sondern?«
»Sie werden offenes Gewässer suchen.«
»Die großen Seen?«, fragte Pina.
Blanca tippte sich an den Kopf. »Diese Tümpel! Quatsch! Wie weit ist es bis zum Meer?«
Flo riss die Augen auf. »Das sind über 200 Kilometer!«
»Na, dann«, sagte Blanca, »sollten wir schon mal überlegen, wie wir da hinkommen.«
Pina lenkte Agas scharf nach links. »Wir reiten auf direktem Weg ins Dorf, zur Kreisstraße und da ...«
Im selben Moment piepste es mehrmals hintereinander. Flo riss ihr Handy hoch. »Wir haben Empfang! ... Und mehrere Nachrichten ... von Petronova!«
»Was schreibt sie?«, fragte Pina.
Flo klickte die SMS an. »... dass wir sofort ins Internat zurückkehren sollen, ... dass wir Charly vielleicht in noch größere Schwierigkeiten bringen ... und dass meine Eltern Bescheid wissen und ...«
»Haben sich auch die Entführer gemeldet?«, unterbrach Blanca ungeduldig.
Flo schüttelte den Kopf und überlegte kurz. »Am besten, wir reiten jetzt ...« Weiter kam sie nicht, denn über ihnen näherte sich ein bedrohliches Sirren.
»Eine Drohne! Verdammt!« Flo sah sich panisch um, doch in ihrer Nähe standen nur dürre Tannen, die keinen Unter-

schlupf boten. Wo sollten sie sich hier verstecken? Da zog Pina seelenruhig einen Pfeil aus ihrem Köcher, spannte den Bogen – und schoss die Drohne mit einem gezielten Treffer ab. Das kleine Fluggerät trudelte, stürzte ab und zerschmetterte zwischen den Felsen.

»Weg hier!«, rief Blanca. »Wer auch immer die Drohne geschickt hat – den haben wir jetzt achtern.«

»Was?«, fragte Flo, während sie Eisenherz zu einem schnellen Trab antrieb.

»Am Hintern!« Dann stöhnte Blanca laut. »Oh nein. Jetzt geht dieses Gerüttel schon wieder los!«

Pina schaute über die Schulter. »Willst du lieber ans Führseil?«

Blanca winkte ab. »Nicht nötig. Der Gaul rennt euch sowieso hinterher.«

Erst als sie eine kleine Schonung erreicht hatten, trauten sie sich, unter den dichten Laubbäumen eine kurze Pause zu machen, um im Handy einen Blick auf die Karte zu werfen.

»Zum Meer schaffen wir es in der kurzen Zeit nur mit dem Auto oder mit dem Zug«, stellte Pina fest. »Auf jeden Fall müssen wir runter zum Dorf, an die Kreisstraße, da geht ein Bus zum Bahnhof, oder wir halten einen Lkw an.«

Flo nickte düster. »Ja, da können wir dann auch irgendwo die Pferde lassen.« Sie schaltete ihr Telefon wieder ab, um bloß nicht noch einmal geortet zu werden.

»Wisst ihr, was merkwürdig ist?«, fragte Blanca da. »Wenn das eben eine Drohne der Schule war, dann hätte Flo doch jetzt längst eine Nachricht von Petronova, oder?«

Im selben Moment hörte sie ein Motorengeräusch. Alarmiert drehte sie sich um. Ein Geländewagen überquerte die nahe Anhöhe und raste direkt auf sie zu. Und eins war diesmal auf den ersten Blick klar: Dieses Gefährt stammte weder aus dem Fuhrpark der Schule noch war es ein offizielles Polizeiauto.

»Weg hier!«, schrie Flo und rammte Eisenherz die Fersen in die Seite. Der Hengst bäumte sich auf und schoss davon. Aus den Augenwinkeln sah Flo, dass Agas und Juno ebenfalls losrasten – und dass der Jeep direkt auf sie zuhielt. Flo trieb ihren Hengst voran. Eisenherz gab alles, doch der Geländewagen kam näher und näher.

»Lauf!«, rief Flo, doch ihr war klar, dass Eisenherz auf freiem Gelände keine Chance gegen das Auto hatte. Sie brauchten Hindernisse, eng stehende Felsen oder Bäume! Ein Stück tiefer am Hang erspähte sie ein kleines Wäldchen.

»Lass mich jetzt nicht im Stich«, flüsterte sie und lenkte ihr Pferd den steilen Hang hinunter. Dann ließ sie Eisenherz die Zügel. Jetzt musste sie seinem Fluchtinstinkt vertrauen. Er würde am besten wissen, was zu tun war.

Das Gelände fiel immer stärker ab. Kraterähnliche Gruben und riesige, knorrige Baumwurzeln verwandelten es zu einer Wüste voller Stolperfallen. Eisenherz raste voran. Plötzlich ragte ein umgestürzter Baum direkt vor ihnen auf. Sie waren zu schnell, um noch auszuweichen – und erst recht, um abzubremsen. Flo schloss die Augen. Sie spürte, wie sich Eisenherz' Muskeln anspannten, dann setzte der Hengst zum Sprung an. Wie in Zeitlupe segelten sie durch die Luft. Flo sah, wie der steil abfallende Boden näher kam. »Du schaffst das, du schaffst das!«, flüsterte sie und krallte sich in seine

Mähne – da setzte der Hengst auf und spurtete ungebremst weiter. Flo sah sich um. Pina hatte durch Eisenherz' Sprung das Hindernis rechtzeitig bemerkt und war mit Agas nach links ausgewichen. Juno war etwas zurückgefallen, folgte aber tapfer …

In derselben Sekunde musste Flo sich ducken. Sie hatten das Wäldchen erreicht, und niedrig hängende Äste ragten überall in ihren Weg. Hauptsache, Blanca bleibt irgendwie oben, dachte sie und presste ihren Kopf fest gegen den Hals des Pferdes, um nicht selbst aus dem Sattel geschleudert zu werden.

Allmählich wurden die Motorengeräusche leiser, dann waren sie unter dem donnernden Hufschlag kaum noch zu hören, und schließlich verstummten sie ganz.

Flo drosselte das Tempo und ließ ihrem Pferd den langen Zügel. Eisenherz senkte den Kopf. Seine Flanken bebten, und auf seinem schwarzen Fell klebte der nasse, weißflockige Schweiß. Flo schlang ihm dankbar die Arme um den Hals. »Was würde ich ohne dich nur tun?«

Eisenherz gab ein langes Schnaufen von sich. Flo richtete sich auf und fuhr ihm mit den Fingern durch die kräftige Mähne, was er besonders liebte. Dann sah sie sich um. Von den anderen beiden war weit und breit nichts zu sehen. Wahrscheinlich sind sie durch das Ausweichmanöver an einer anderen Stelle in das Wäldchen gedrungen, hoffte Flo. Aber konnte man sich dadurch so weit voneinander entfernen?

Sie formte ihre Hände zu einem Trichter und stieß das Krächzen eines Raben aus. Wenn Pina irgendwo in der Nähe

war, dann würde sie darauf antworten. Doch so angestrengt Flo auch in den Wald horchte, außer den Blättern im Wind und Eisenherz' Schnaufen vernahm sie kein Geräusch. Da hob der Hengst plötzlich den Kopf und blähte die Nüstern.
»Pscht«, beschwor Flo ihr Pferd.
Eisenherz dachte nicht daran, zu gehorchen, und stieß ein lautes, durchdringendes Wiehern aus. Flo stöhnte. Anders als Pina war es ihr nie gelungen, ihr Pferd darauf zu trainieren, das Maul zu halten! Angespannt lauschte sie. Eisenherz stand jetzt kerzengerade, jeder seiner Muskeln war angespannt, und seine Ohren waren steil nach vorn gerichtet. So reagierte er eigentlich nur, wenn sich ein anderes Pferd näherte. Da sah Flo zwischen den Baumstämmen etwas Weißes aufblitzen – und dann erkannte sie Agas' geflecktes Fell.
Im schnellen Trab kam Pina auf sie zugeritten. »Hast du Blanca gesehen?«, rief sie schon von Weitem.
»Ich dachte, sie wäre bei dir?«, rief Flo zurück.
»Kurz vor dem Wald war sie auch noch hinter mir, aber als ich mich das nächste Mal umgedreht habe, war sie plötzlich verschwunden.«
Flo ritt Pina entgegen. »Glaubst du, sie ist gestürzt?«
»Keine Ahnung.« Pina wendete Agas. »Wir müssen zurück an den Ort, wo ich sie zuletzt gesehen habe!«
»Und wenn das eine Falle ist?«, fragte Flo. »Wenn sie Blanca geschnappt haben und nur darauf warten, dass wir kommen? Ich meine, in dem Auto, das können doch nur die Entführer gewesen sein, oder?«
Pina nickte. »Wahrscheinlich. Aber ich frage mich, was das

sollte? Warum tauchen sie plötzlich aus dem Nichts auf, um uns zu verfolgen? Das macht doch gar keinen Sinn!«

»Vielleicht fürchten sie, dass wir den Schatz in Sicherheit bringen und sie dann mit einem kleinen Teil abspeisen wollten?«

Pina wiegte nachdenklich den Kopf. »... das würde auch erklären, warum sie erst einmal hinter dir und der Truhe her waren.« Sie deutete mit dem Kinn auf die Kiste hinter Flos Sattel. »Ja, genau! Die dachten, sie könnten sich mit einem Überraschungsangriff alles schnappen!«

Nun musste Flo heftig schlucken. Denn wenn es tatsächlich so war und die Entführer ihren Plan geändert hatten – wo war dann ihre kleine Schwester? Wo hatten sie Charly gelassen, und was hatten sie mit ihr vor?!

Als hätte Pina ihre Gedanken gelesen, sagte sie: »Hey! Sie haben die Truhe ja nicht. Und selbst wenn sie Blanca geschnappt haben, wird sie ihnen nicht sagen, dass die Kiste leer ist.«

Flo verzog den Mund. »Klar, schon aus Eigennutz, um ihr Pergament zu retten.«

Pina warf ihr einen vorwurfsvollen Blick zu. »Du solltest lieber hoffen, dass sie nicht irgendwo verletzt im Wald liegt.«

Schweigend folgten sie den Hufabdrücken, die Agas im weichen Untergrund hinterlassen hatte.

»Woher wussten die eigentlich, wo wir sind?«, fragte Flo, nachdem sie ein Stück geritten waren. »Mein Handy hatte kein Netz. Und ich habe es, kurz nachdem du die Drohne abgeschossen hast, wieder ausgeschaltet!«

»Keine Ahnung, wie die uns geortet haben«, seufzte Pina.

Im selben Moment hörten sie ein Wiehern, und Juno galoppierte mit leerem Sattel zwischen den Bäumen auf sie zu. Schnaufend kam die alte Stute vor ihnen zum Stehen.
»Hoffentlich ist Blanca nichts Schlimmes passiert!« Pina klinkte Juno ans Führseil, schnalzte und galoppierte los. »Komm!«
Kurz vor der Grenze des Waldes hielten sie an und schauten sich um. Zu Flos Beruhigung wirkten die Pferde vollkommen entspannt. Es schien sich niemand in der Nähe zu verbergen und ihnen aufzulauern, denn das hätte Eisenherz sofort gewittert.
Pina stieg ab und folgte den Hufspuren zu Fuß. Plötzlich hielt sie inne und hockte sich auf den Boden. »Hier hat Juno einen Sprung zur Seite gemacht. Sie ist ausgewichen, und hier ...« Sie deutete auf eine andere Stelle. »... sieht es so aus, als sei Blanca vom Pferd gefallen. Aber sie muss ohne Probleme wieder aufgestanden sein. Ich sehe keine Schleifspuren ...« Pina machte ein paar Schritte am Waldrand entlang. »Sie ist weggelaufen. Ziemlich schnell.«
»Also war sie nicht verletzt«, stellte Flo nüchtern fest. »Warum ist sie dann in diese Richtung gerannt, wenn du ...«
»Vielleicht hat sie gehofft, dass die Entführer den Pferden folgen, und sie hat sich irgendwo versteckt?«
»Gut«, sagte Flo, legte die Hände um den Mund und stieß erneut das Krächzen eines Raben aus. Ohne sich zu bewegen, lauschten sie in den Wald. Doch als sich nach zwei Minuten immer noch nichts gerührt hatte, stellte sie kühl fest: »Sie hört nichts, oder sie will nichts hören. Und sie macht keine

Anstalten, uns zu suchen. Vielleicht will sie gar nicht gefunden werden? Wahrscheinlich hat sie sich längst mit ihrer Pergamentrolle verpieselt!«

»Ich glaube, dass sie sich runter ins Dorf durchschlägt und hofft, uns dort irgendwo wiederzufinden«, entgegnete Pina.

»Das glaubst du doch selbst nicht!« Flo schüttelte fassungslos den Kopf. »Sag mal, vertraust du ihr immer noch?!«

Ohne sie anzuschauen, antwortete Pina: »Der Mensch hat das Netz des Lebens nicht gewebt. Er ist nur ein Strang dieses Netzes. Was immer er dem Netz antut, tut er sich selbst an.«

»Was soll das jetzt wieder heißen?«

Pina schaute Flo fest in die Augen. »Dass ich mir langsam Sorgen um *dich* mache! Deine schlechten Gedanken vergiften *dich* – nicht sie.«

Flo wollte etwas erwidern, doch dann hielt sie den Mund.

Pina schwang sich in den Sattel. »Wir sollten keine Zeit verlieren.«

Eine Weile ritten sie still hintereinander her, dann trieb Flo Eisenherz neben Agas und streckte die Hand nach Pina aus.

»Danke.«

»Wofür?«

»Dass du da bist. Dass du mir hilfst und dass du mir die Meinung sagst.«

Pina nahm ihre Hand. »Dafür sind Blutsschwestern doch da, oder?«

Flo nickte. Und dann machten sie es so wie in der vergangenen Nacht: Abwechselnd übernahmen sie die Führung, sodass die andere immer etwas dösen konnte. Dabei mieden sie freie Flächen und Bergwiesen und bewegten sich stattdessen im Zickzack durch bewaldetes Gebiet den Berg hinunter.

An einem kleinen Bach hielten sie an, damit die Pferde trinken und einen Moment ruhen konnten. Erst jetzt traute sich Flo, ihr Handy wieder anzustellen. Die rückwärtslaufende Uhr zeigte knappe acht Stunden an – doch von den Entführern war immer noch keine Nachricht gekommen. Warum meldeten die sich nicht? Flo setzte sich unter einen Baum, lehnte den Kopf gegen den rauen Stamm und schloss die Augen. Wie es Charly jetzt wohl ging? Sie hatte am Telefon die Forderung der Entführer mit angehört. Aber hatte sie eine Uhr? Zählte auch sie die Stunden rückwärts? Oder fühlte sie sich längst von allen verlassen? In Gedanken sah Flo ihre kleine Schwester, wie sie den Kopf durch die Tür streckte und »Tschau-Kakao!« rief. Niemals hätte sie gedacht, dass sie diesen doofen Spruch einmal so vermissen könnte.

Da riss sie das schrille Handyklingeln aus ihren Träumen. Flo sprang auf und drückte den grünen Hörer. »Charly?«

Kapitel Dreiundzwanzig

»Hier die Koordinaten für die Übergabe«, krächzte die heisere Frauenstimme. »44°18'00.1" …«

»Halt, ich muss mitschreiben!« Flo nahm einen Ast und ritzte die Zahlen in die dunkle Erde. »44°18'00.1" …«

»"N 9°13'04.2'E", an diesem Punkt findet ihr weitere Angaben. Es bleibt beim vereinbarten Zeitpunkt. Keine Mitwisser, keine Polizei. Wir beobachten den Ort.«

»Wie geht es Charly?«, rief Flo. »Ich will meine Schwester hören!« Doch da hatten die Entführer schon aufgelegt.

»Gib bloß nicht die Daten in dein Handy ein!« Pina nahm Flo das Telefon aus der Hand. »Wir wissen nicht, wer uns anzapft oder überwacht.«

»Natürlich nicht!« Flo strich sich über die Augen und deutete auf die Zahl in der Erde. »Hast du eine Idee, wo das ungefähr sein könnte?«

Pina überlegte. »Ich schätze, das ist irgendwo in der Gegend von Genua …«

»Wie sollen wir da hinkommen, ohne dass uns jemand sieht? Wir werden doch gesucht!« Flo sah hinunter auf ihre dreckverkrusteten Leggings. »Außerdem sehen wir aus wie die Schweine! Wir fallen doch überall sofort auf! Und wie wollen wir jetzt die Koordinaten überprüfen?«

»Ich sag es ja nur ungern«, seufzte Pina. »Aber momentan fällt mir nur ein Mensch ein, auf den wir uns verlassen können ...«

Flo schaute fragend auf.

Pina verdrehte die Augen. »Luca.«

Flo legte den Kopf schief. »Glaubst du denn nicht, dass die ihn nach der Sache mit dem anonymen Brief beobachten? Ich meine, Cilly und Lilly haben doch garantiert alles gepetzt?«

»Kann sein. Aber mir fällt sonst einfach niemand ein. Außerdem ...« Pina konnte sich ein Grinsen nicht verkneifen. »... weiß ich niemanden, der offensichtlich alles für dich tun würde, ohne groß nachzufragen.«

»Ha-ha-ha«, machte Flo und humpelte auf Eisenherz zu.

»Geht es?«, fragte Pina besorgt.

»Schon okay«, Flo winkte ab. »Wir müssen jetzt so schnell wie möglich ins Dorf, um Luca abzufangen. Vielleicht können er und sein großer Bruder uns ja zu diesen Koordinaten fahren?« Sie hievte sich in den Sattel, dann stockte sie. »Verdammt. Luca hat doch jetzt Schule!«

»Na und?« Pina zuckte mit den Schultern. »Irgendwann wird er ja wohl mal Pause haben. Da müssen wir ihn dann weglocken.«

Das alte Schulgebäude lag am Rand des Dorfs. Flo und Pina versteckten sich hinter einem Gebüsch und beobachteten aus sicherer Entfernung den menschenleeren Hof. Ihr Plan war hochriskant. Nicht nur, weil sie Luca überzeugen mussten, ihnen noch einmal zu helfen. Sie mussten ja auch an ihn herankommen, ohne dass irgendjemand davon Wind bekam!

»Wenn das so eine ganz normale Schule mit normalen Zeiten ist, dann müsste es in zwei Minuten zur großen Pause klingeln«, stellte Pina nach einem Blick auf die Kirchturmuhr fest.

»Gut«, sagte Flo und nahm Eisenherz Sattel und Zaumzeug ab. Dann pustete sie dem Hengst sanft in die Nüstern. Eisenherz senkte den Kopf und stupste sie an, als wenn er sie beruhigen wollte. Flo legte die Arme um seinen kräftigen Hals und flüsterte: »Jetzt zeig, was wir beide draufhaben, du und ich – okay?«

Eisenherz schnaufte.

Sie hatten den Trick ungefähr hundert Mal geübt – aber das war lange her, und noch nie war es dabei wirklich auf etwas angekommen.

In dem Moment schrillte die Pausenglocke. Die Tür der Dorfschule flog auf, und die Schüler von der ersten bis zur sechsten Klasse stürmten hinaus auf den kargen Hof. Während die Kleinen sich auf die Klettergerüste stürzten, sammelten sich die größeren Mädchen in Grüppchen und redeten, und die Jungs begannen, Fußball zu spielen.

»Da ist er!« Pina zeigte auf die Schultür.

»Achtung!« Flo baute sich vor ihrem Hengst auf. »Eisenherz!«, sagte sie streng. Der Rappe hob stolz den Kopf und spitzte die Ohren. Flo trat einen Schritt beiseite und befahl: »Lauf!«

Aus dem Stand galoppierte Eisenherz los, geradewegs auf die Schule zu. Als er auf etwa zwanzig Meter herangekommen war, pfiff Flo auf zwei Fingern. Eisenherz stoppte und machte kehrt. Erleichtert atmete Flo aus. »Er kann es noch!« Auf dem Schulhof wurden die ersten Kinder aufmerksam. Doch Luca schien Eisenherz nicht bemerkt zu haben, jedenfalls hob er nicht einmal den Kopf.

»Noch mal!«, drängte Pina. Flo brachte Eisenherz in Startposition und gab erneut den Befehl. Wieder galoppierte der Hengst los – und noch mehr Kinder zeigten aufgeregt auf das schöne, schwarze Pferd. Luca hingegen alberte mit ein paar Jungen herum, die ihm einen Fußball zugeschossen hatten.

»Dieser Idiot«, stöhnte Pina. »Probier es noch einmal!«

Diesmal ließ Flo ihren Hengst bis auf fünf Meter an den Schulzaun herangaloppieren, bevor sie pfiff. Und nun endlich wurde auch Luca wach. Verwundert starrte er dem schwarzen Pferd nach, das über die Wiese galoppierte und hinter den Büschen verschwand.

»Endlich!«, stieß Pina aus. »Ich dachte schon, wir müssen dem eine Herde Bisons schicken. ... Und jetzt guckt er auch noch so blöd hier rüber! Auffälliger geht es ja wohl nicht!«

Flo klopfte Eisenherz den Hals und pustete in seine aufgeblähten Nüstern. »Gut gemacht, braaaver Junge«, lobte sie und bedauerte, dass sie nicht einmal ein altes Stück Brot hatte, um ihn zu belohnen.

Immer noch aufgebracht, löste Pina ihre Kette vom Hals. »Wenn er nicht komplett dämlich ist, wird er ja wohl SOS verstehen.« Damit hielt sie ihren großen Anhänger in die

Sonne. Das blanke Silber blitzte auf. Sie gab drei kurze, drei lange und wieder drei kurze Signale. Luca blieb einen Moment am Zaun stehen, dann drehte er sich um, schlenderte Richtung Schultor und verschwand aus ihrem Blickfeld.

»Was macht er denn jetzt?«, fragte Pina ungeduldig. »Holt der sein Butterbrot, oder was?«

Flo verdrehte die Augen. »Er verhält sich unauffällig. Das wolltest du doch!«

»Fehlt nur noch, dass er ein Liedchen pfeift«, murmelte Pina unwirsch.

Flo behielt konzentriert den Schulhof im Blick, aber Luca konnte sie nirgends mehr entdecken. Da klingelte es wieder zum Unterricht. Die Schüler strömten zurück in das Gebäude, und in Kürze war der Hof wieder menschenleer.

»Ich glaub's nicht«, stöhnte Pina. »Hat der Idiot überhaupt nichts kapiert?«

»Guck mal, da!« Flo zeigte triumphierend zum rechten Feldrand, wo sich ein Schatten in ihre Richtung bewegte. »Und jetzt motz nicht gleich rum, sonst vergraulst du ihn noch.«

Pina spitzte die Lippen. »Ich werde mir alle Mühe geben.«

Kurz darauf hörten sie ein Rascheln, und Luca kämpfte sich durch das Gebüsch. Atemlos kam er vor Flo und Pina zum Stehen.

»Weißt du eigentlich, was ich für einen Ärger nach deinem blöden Brief hatte?!«, fuhr er Flo an. »Die Polizei war dreimal bei uns zu Hause! Es gab einen Mega-Aufstand, als ihr verschwunden seid.« Er stützte die Arme in die Seite und musterte Flo und Pina. »Mann, seht ihr fertig aus!«

»Wir waren auch eine Weile unterwegs …«, sagte Flo.

»Habt ihr deine Schwester gesucht?«

»Genau darum geht es. Wir haben eine Schatztruhe geborgen, die wir Charlys Entführern bringen müssen.«

»Wollt ihr mich veräppeln?«

»Sehen wir so aus?« Pina hob stolz das Kinn in die Höhe.

Flo sah Luca bittend an. »Wir brauchen deine Hilfe.«

»Nicht schon wieder«, stöhnte Luca. »Außerdem schuldest du mir noch was vom letzten Mal.«

Erstaunt sah Pina von einem zum anderen.

»Ja, das löse ich auch ein«, sagte Flo schnell. »Aber jetzt müssen wir erst mal Richtung Genua. Ans Meer. Um dort die leere Schatztruhe zu übergeben.«

»Ihr werdet überall gesucht!«

»Darum brauchen wir ja auch dich und deinen Lieferwagen«, mischte sich nun Pina ein.

Luca lachte auf. »Ihr meint, ihr braucht meinen Bruder, den Lieferwagen und mich.«

Pina nickte. »Genau.«

»Es geht um Charlys Leben!« Flo presste bittend ihre Hände zusammen.

Luca legte den Kopf schief. »Sagt mal, was genau ist da oben in eurer komischen Schule eigentlich los?«

»Wir sind eine ganz normale Klosterschule«, antwortete Pina.

»Für wie doof haltet ihr mich eigentlich?« Luca drehte sich um und machte Anstalten, zu gehen.

»Nein, warte«, Flo hielt ihn am Arm fest. »Ich erkläre dir alles. Wenn das hier vorbei ist, ja? Aber bitte hilf uns.«

Luca zögerte.

»Bitte!«
»Himmel, ja!«, knurrte Luca. »Aber ihr dürft auf gar keinen Fall gesehen werden. Am besten sammeln wir euch außerhalb des Dorfs ein. Hinter dem Ortsausgang macht die Kreisstraße eine lange Biegung. Dort liegt unser Obstgarten. Da könnt ihr auch die Pferde abstellen. Wartet im Graben neben dem großen Tor. Wenn mein Bruder mitmacht, sind wir in einer halben Stunde da. Wenn nicht ...«
»... ist Charly verloren!«, fiel Pina ihm ins Wort.
»Ich tue, was ich kann.« Damit drehte Luca sich um und joggte los.
»Er ist gar nicht so doof, wie ich dachte«, stellte Pina mit hochgezogener Augenbraue fest.
»Ohne ihn wären wir komplett am Hühnerhintern«, sagte Flo und warf Eisenherz den Sattel auf. »Ich werde ihm das jedenfalls nie vergessen.«

Die Obstkoppel hinter dem Dorf war dicht bepflanzt mit Pfirsich- und Apfelbäumen. Zwischen den tief hängenden, vollen Zweigen konnte man die Pferde von der Straße aus kaum erkennen. Man musste schon ziemlich genau hinschauen. Aber wer tat das schon, in einer lang gestreckten Kurve?
Flo und Pina versteckten die Sättel und Trensen in einem kleinen Unterstand. Daneben entdeckten sie noch eine Regentonne, aus der die Pferde trinken konnten. Flo gab Eisenherz einen Klaps, um ihn ans Ende der Obstwiese zu treiben. Doch der Hengst ging nur ein paar Schritte, dann drehte er sich mit gesenktem Kopf um die eigene Achse, knickte mit den Beinen ein und wälzte sich genüsslich.

»Die fühlen sich hier jedenfalls wohl«, stellte Flo zufrieden fest.
»Und sie haben mehr als genug zum Fressen.« Pina zeigte auf Agas und Juno, die sich schon über das Fallobst hermachten. Sie schnappte sich ihren Bogen, Flo steckte das Messer ein, und dann liefen sie mit der Truhe nach vorn zur Straße und legten sich im Graben auf die Lauer.
Nach einer Viertelstunde hörten sie das Knattern eines alten Motors. Flo hob den Kopf und sah den Lieferwagen heranrumpeln. Das kleine, hellblaue Fahrzeug stoppte, und Luca stieß die Schiebetür auf. Flo und Pina schlüpften hinein, und noch bevor die Tür wieder ins Schloss gefallen war, rollte der Wagen los.
Im Laderaum roch es herrlich nach Brot und Kuchen. Hungrig starrten Flo und Pina auf einen Korb mit knusprigen, frischen Ciabattas.
»Bedient euch«, sagte Luca. »Ihr esst sie ja schon mit den Augen auf.«
Sofort griffen Pina und Flo zu.
»Also, wo geht es hin?«, fragte Lucas Bruder vom Fahrersitz. »Ich bin übrigens Federico.«
Flo hatte die Koordinaten der Entführer auf die Rückseite der ersten Karte geschrieben. Sie reichte Luca das feine Pergament. »Kannst du die in Federicos Handy eingeben? *Ihn* werden sie ja wohl nicht mit uns in Verbindung bringen.«
Luca nahm das Handy seines Bruders von der Konsole und tippte die Zahlen ein. »Aha. Wir müssen ans Meer, nach Portofino. Hier!« Er zeigte seinem Bruder das Telefon.
»Wie lang brauchen wir für die Strecke?«, fragte Flo.

»Mit der Klapperkiste hier mindestens drei Stunden«, antwortete Federico.
Flo rechnete. Sie hatten ab jetzt noch viereinhalb Stunden. Wenn sie für die Fahrt sicherheitshalber dreieinhalb Stunden ansetzte, blieb trotzdem noch eine ganze Stunde bis zur Übergabe – wenn unterwegs nichts schiefging und ...
»Ich dachte, ihr seid zu dritt abgehauen«, unterbrach Luca ihre Gedanken.
»Sind wir auch«, antwortete Flo finster. »Aber unsere Cupcake-Piratin hat sich verpieselt.«
»Cupcake?«, fragte Luca.
»Das sind so komische, verzierte Kuchen«, erklärte Flo.
»Ich weiß, was Cupcakes sind«, sagte Luca. »Die backe ich auch total gern.«
Pina prustete so laut los, dass ihr die Ciabatta-Krümel aus dem Mund flogen.
»Was ist daran so komisch?«, fragte Luca, und Federico fügte hinzu: »Seine Cupcakes sind Weltklasse!«
»Nichts«, stotterte Flo. »Es ist ... also ich finde nur ... Kuchenbacken, das ist so ... so ...«
»... gut zum Runterkommen?«, half Luca.
Jetzt konnte Pina überhaupt nicht mehr an sich halten. Sie schüttete sich aus vor Lachen.
»Hey, Pocahontas, erklär uns mal, was daran so lustig ist, damit wir mitlachen können«, rief Federico.
Auf der Stelle gefror Pinas Lachen. Eine steile Zornesfalte erschien auf ihrer Stirn, und sie fauchte: »Was hast du da gesagt?«
»Ich habe gefragt, was so lustig ist!«

»Pscht ...« Flo legte Pina beschwichtigend eine Hand auf den Arm, denn sie wusste: Nichts ließ Pina so sehr in die Luft gehen wie eine Beleidigung oder Herabsetzung ihres Volkes. Pina schüttelte Flos Hand ab und schnauzte Federico an: »Du hast mich Pocahontas genannt!«
»Ja! Was regst du dich so auf? Sie ist eine Heldin! Und außerdem muss sie wunderschön gewesen sein – genau wie du!« Er schaute in den Rückspiegel.
Nun klappte Pina der Kiefer herunter, und Flo musste grinsen.
»Was weißt du schon von Pocahontas«, gab Pina unwirsch zurück, doch es klang schon gar nicht mehr so garstig.
»1594 geboren als Tochter des Häuptlings Powhatan in Virginia. Gestorben 1617 in –«
»Ist gut!«, unterbrach Luca seinen Bruder und drehte sich zu Pina. »Er weiß alles über die amerikanischen Ureinwohner. Er kann sogar ihre Schrift!«
»Die hat mein Vorfahr Sequoya entwickelt«, sagte Pina trocken.
»Waaas?!« Federico schaute einen Moment nach hinten und steuerte den Lieferwagen beinahe in den Straßengraben. Im letzten Moment riss er das Lenkrad herum, und Pina und Flo wurden zwischen den Brotregalen hin und her geschleudert.
»Kein Grund, gleich einen Unfall zu bauen«, rief Flo.
Doch Federico hörte gar nicht auf sie, sondern schnappte nur aufgeregt nach Luft. »Eine Nachfahrin des berühmten Cherokee Sequoya?!«
»Jaaa«, antwortete Pina nicht ohne Stolz.
»Ich fasse es nicht!« Federico boxte Luca in die Seite. »Weißt

du, wen wir da zwischen unseren Brotregalen geladen haben?!«
Flo pikste Pina mit dem Finger in die Seite. »Duhu«, flüsterte sie. »Ich glaube, er findet dich gut.«
»Quatsch. Er interessiert sich für mein Volk.«
»Und warum hat er dich dann wunderschön genannt?«
»Du spinnst!«, zischte Pina. »Außerdem ist er mindestens achtzehn Jahre alt!«
»Sechzehn«, verbesserte Luca vom Beifahrersitz, und Pina wurde rot bis unter ihre dunklen Haarspitzen.
»Das hier ist kein Auto, sondern ein Dreirad«, erklärte Luca. »Darum darf man es mit sechzehn und Vespa-Führerschein fahren.«
»Siehst du«, hauchte Pina jetzt nur noch. »Er ist total alt!«
»Er findet dich trotzdem toll«, stichelte Flo.
»Lass uns lieber überlegen, wie wir den Entführern eine leere Kiste als Schatz verkaufen«, lenkte Pina schnell ab.
Luca drehte sich auf seinem Sitz nach hinten. »Eure Truhe sieht jedenfalls ziemlich überzeugend aus. Vielleicht solltet ihr einfach ein Schloss davor machen, damit man sie nicht so leicht öffnen kann?«
»Tolle Idee«, spottete Pina. »Hast du zufällig ein Schloss in der Tasche, das ungefähr hundert Jahre alt ist?«
Luca schüttelte den Kopf. »Nö. Aber ich weiß, wo man so eins besorgen kann.«

Ein paar Orte weiter hielt Federico vor einem kleinen Trödelhändler. Luca sprang aus dem Wagen und verschwand hinter der verstaubten Eingangstür. Nach fünf Minuten kehrte

er mit einem Karton zurück. »Dafür müssen wir ihm einen Monat lang Brot umsonst liefern«, sagte er und schob die Kiste nach hinten zu Pina und Flo.
»Wow!«, rief Flo aus. In dem Karton befanden sich billiger Modeschmuck, der wunderbar rasselte, Unterlegscheiben für Schrauben, die wie Münzen klirrten, und ein uraltes Schloss. »Das hat bis letztes Jahr vor dem Kollektenkasten am Ausgang der Kirche gehangen. Der Trödler meinte, es ist mindestens hundert Jahre alt.«
Flo schüttete den Inhalt des Kartons in die Schatztruhe, dann legte sie das Schloss vor den Riegel. Sie hob die Kiste an, die jetzt ein ordentliches Gewicht hatte, und als sie an ihr rüttelte, klang es tatsächlich, als seien Gold und Edelsteine darin versteckt.
Flo reichte Luca den Schlüssel. »Hier, bei uns darf man den nicht finden.«
Dann stellte sie kurz ihr Handy an und starrte auf die rückwärtslaufende Uhr. Sie hatten genau noch drei Stunden, 35 Minuten und sechs Sekunden, um das Leben ihrer kleinen Schwester zu retten. Hoffentlich kommen wir pünktlich, dachte Flo, während der alte Lieferwagen in Richtung Schnellstraße rumpelte.

Kapitel Vierundzwanzig

Eine heftige Bremsung warf Flo jäh nach vorn. Zwei Brotkörbe purzelten aus dem Regal und fielen ihr auf den Kopf.
»Hey!«, schimpfte sie. »Was ist da los?«
Luca drehte sich nach hinten. »Wir sind gleich da. Wo sollen wir euch raussetzen?«
»Mindestens einen Kilometer vor dem Treffpunkt«, sagte Pina. Federico setzte den Blinker und bog links ab. Ein paar Meter rumpelte der Wagen über eine unbefestigte Straße, dann nahm Federico den Fuß vom Gas und schaltete den Motor aus. »Wie soll es jetzt weitergehen?«
»Wir gehen das letzte Stück zu Fuß«, antwortete Flo, richtete sich zwischen den Regalen auf und spähte durch die Frontscheibe. Sie befanden sich in einem kleinen, einsamen Pinienwald. Nirgendwo war ein Mensch zu sehen.
»Komm«, sagte sie zu Pina und öffnete die Seitentür.
»Sollen wir warten?«, fragte Luca.
Flo pustete aus. »Ich weiß nicht ...«
Pina schnappte sich unterdessen ihren Bogen und kletterte aus dem Auto. »Hey, Federico, es würde uns wirklich sehr helfen, wenn du uns dein Handy gibst. Für den Notfall.«

Ohne zu zögern, reichte Federico das Telefon durch das Seitenfenster heraus. »Weil du es bist, Pocahontas.«
»Danke«, sagte Pina und steckte das Handy ein.
Flo zog die Truhe zur Wagenkante, dann drehte sie sich noch einmal um. Sie legte die rechte Hand aufs Herz und sagte: »Ich danke euch. Für alles. Und ich werde mich revanchieren. Versprochen.« Sie drehte sich um und wollte hinausklettern, da hielt Luca sie kurz am Arm. »In Federicos Handy ist meine Nummer. Wenn ihr Hilfe braucht, ruft ihr an. Versprochen?«
Flo nickte.
»Wir bleiben hier irgendwo in der Nähe. Unauffällig.«
»Danke.« Flo schnappte die schwere Truhe an einem Griff, Pina fasste auf der anderen Seite an, und dann marschierten sie los.
»Hey!«, rief Federico da und sprang aus dem Wagen. Pina drehte sich um – und er machte das Zeichen des Cherokee-Schwurs.

Das letzte Stück ihrer Route hatte Pina sich mit einem kurzen Blick auf Federicos Handy genau eingeprägt. Zielstrebig, als wäre es ihr täglicher Schulweg, bog sie von dem Waldweg nach links auf die gewundene, leicht abfallende Küstenstraße. Bei jedem Schritt gab die schwere Truhe ein dumpfes, metallisches Klirren von sich. Immer wieder mussten sie die schwere Schatzkiste für einen Moment abstellen, weil ihnen die Griffe so sehr in die Hände schnitten. Nach etwa einem Kilometer zweigte rechts ein kleiner Pfad ab, der sie zu den Klippen führte.

»Es kann nicht mehr weit sein«, tröstete Pina. Da entdeckte Flo eine steile, in den Fels geschlagene Treppe. Hintereinander stiefelten sie mit der Truhe die Stufen hinunter und erreichten einen kleinen, ins Meer ragenden Felsvorsprung. Dort war an einem Eisenhaken ein Ruderboot angebunden, das gemütlich in den Wellen schaukelte.

Flo stellte ihr Handy an. Die Uhr zeigte 17 Minuten und 29 Sekunden – aber eine neue Nachricht der Entführer war nicht eingegangen.

»Entweder sie melden sich gleich«, sagte Pina und kletterte in den Kahn, »oder sie haben hier irgendwo einen Hinweis für uns versteckt.«

Sie suchte das Bötchen ab und entdeckte unter der Ruderbank tatsächlich einen kleinen, krakelig beschriebenen Zettel.

»Wartet die Dunkelheit ab, dann rudert Südsüdost auf das Meer hinaus«, las sie vor.

»Dunkelheit?!«, fuhr Flo auf. »Das dauert noch mindestens drei Stunden!« Erschöpft ging sie in die Hocke und schlug die Hände vors Gesicht. »Wozu dann das ganze Gehetze?! Ich habe jedes Mal einen halben Herzinfarkt bekommen, wenn ich auf diese verdammte Uhr geguckt habe! Und jetzt soll ich hier abhängen und warten?!«

»Die wollen wahrscheinlich sehen, ob wir wirklich allein gekommen sind, bevor sie Charly aus irgendeinem Versteck holen«, vermutete Pina.

»Oder die wollen uns mürbe machen. Unkonzentriert und schwach.« Mutlos ließ Flo den Kopf hängen.

»Hey!« Pina stützte die Arme in die Seite und machte sich

gerade. »Aber nicht mit uns! Wir ruhen uns jetzt einen Moment aus, und dann sind wir klar und gestärkt, wenn wir Charly zurückholen.«

Flo rappelte sich auf und schüttelte den Kopf. »Nein, wahrscheinlich wollen sie, dass wir dösig hier rumliegen – und dann kommen sie und …«

»Wir rudern einfach ein Stück aufs Meer hinaus und halten abwechselnd Wache«, fiel Pina ihr ins Wort. »Besser können wir uns doch gar nicht schützen!«

Flo zögerte.

»Komm, sonst schlafen wir beide irgendwann ein, so kaputt, wie wir sind.«

»Na gut.« Flo hob ächzend die Schatztruhe ins Boot. Dann löste sie das Seil vom Haken, sprang in einem großen Satz auf die Ruderbank und setzte sich. Mit ein paar kräftigen Schlägen brachte sie den Kahn in sicheren Abstand zur felsigen Uferkante.

Dann sah sie sich um. Jetzt erst erkannten sie, dass der Anlegeplatz ihres Bootes sich am Rand einer sehr großen Bucht befand. Sie war gesäumt von Felsen und hohen, alten Bäumen. Weiter weg, auf der gegenüberliegenden Seite lag ein kleiner Hafen mit Restaurants und Läden. Flo schlug zweimal mit dem rechten Ruder, sodass das Boot sich drehte – und nun blickte sie aus der Bucht hinaus, über das weite, unendliche Meer. Die Sonne glitzerte auf dem Wasser, und Flo fragte sich, wie ein Ort, an dem gleich so etwas Gemeines wie eine Lösegeldübergabe stattfinden sollte, nur so schön sein konnte. Sie stupste Pina an die Schulter. »Schlaf du zuerst.«

»Sicher?«

»Ich krieg jetzt sowieso kein Auge zu.«

»Aber du weckst mich, wenn du nicht mehr kannst!«

Flo nickte, und Pina rollte sich auf den Planken des Bootes zusammen, legte eine Hand auf den Griff ihres Bogens und schloss die Augen. Ein leichter Wind ließ das Wasser Wellen schlagen und versetzte den Kahn in ein angenehmes Schaukeln.

Hoffentlich haben wir alles richtig gemacht, dachte Flo, lehnte sich zurück und schaute in den blauen Himmel. Hoffentlich war es kein Fehler, dass wir die ganze Aktion auf eigene Faust durchgezogen haben. Dass wir alles allein schaffen wollten! Sie bohrte ihre Fingernägel so fest in die Handballen, dass es wehtat. Wenn Charly etwas zustoßen sollte, würde sie sich das nie verzeihen. Und wie sollte sie ihren Eltern dann jemals wieder in die Augen schauen?

Sie hielt eine Hand in das kühle Wasser, ließ es zwischen den Fingern hindurchrinnen und wünschte sich, dass die Zeit genauso schnell vergehen würde wie mit der rückwärtslaufenden Uhr im Nacken.

Nach einer Stunde spürte Flo, wie ihre Lider schwer wurden. Sie tickte Pina sanft an. »Können wir tauschen?«

Pina setzte sich auf und reckte sich. Nun rutschte Flo hinunter auf den Boden, schob einen Arm unter den Kopf, und ehe sie sich's versah, war sie eingeschlummert.

Sie wusste nicht, wie lang sie geschlafen hatte, als sie aus wirren Traumfetzen aufschreckte. »Wie spät …?« Verwirrt sah Flo sich um. Die Schatztruhe stand neben ihr, und Pina lehnte mit geschlossenen Augen an der Ruderbank. »Ich schlaf nicht. Ich lausche und spüre jede Bewegung des Wassers.« Pina öffnete die Augen und deutete mit dem Kinn Richtung Land. »Bald ist es so weit.«

Flo sah zurück zur felsigen Uferkante. Die Sonne stand tief hinter den Klippen der Bucht. Nur wenige Minuten noch, dann würde sie ganz verschwunden sein. In den Restaurants leuchteten die ersten Lampen auf, kleine, helle Punkte wie Glühwürmchen.

»Wollen wir losrudern?«, fragte Flo.

Pina schüttelte den Kopf. »Sie haben *bei Dunkelheit* geschrieben.«

Flo konnte die Warterei nicht mehr ertragen. Unruhig rutschte sie auf der Ruderbank hin und her. Endlich färbte sich der Himmel lila, die See verlor ihren Glanz, und schließlich war das letzte Sonnenlicht verschwunden. Die Straßenlaternen entlang der Küste flammten auf und verwandelten die graue Asphaltlinie in eine glitzernde Perlenkette.

Pina holte Federicos Handy heraus. Sie klickte die Kompassfunktion an und legte das Gerät auf den Boden des Bootes, dann zeigte sie wortlos nach schräg links, und Flo ruderte los. Schlag für Schlag glitten sie voran, hinaus auf die offene See.

Der Mond blitzte zwischen den zerrissenen Wolken hervor, und die tintenschwarzen Wellen schlugen glucksend gegen die Bootswand. Die Lichter des Hafens entfernten sich immer weiter, und bald umhüllte sie eine samtige Finsternis.

Pina spähte mit zusammengekniffenen Augen in die Dunkelheit. Plötzlich hielt sie den Atem an. Dann hauchte sie: »Da kommt etwas auf uns zu.«

Kapitel Fünfundzwanzig

Flo spürte ihr Herz bis in die Fingerspitzen hinein klopfen. Mit jedem Pochen durchfuhr sie eine heiße Welle. Sie legte die Arme um die Schatztruhe auf ihrem Schoß und klammerte sich daran fest.

»Kommt es näher?«, wisperte sie mit zitternder Stimme.

Pina nickte. »Ich glaube, es ist so ein superschnelles Schlauchboot mit Motor. So ein kleines, flaches Ding – nur dass sie es rudern.«

Da machte Flo plötzlich einen zweiten, größeren Umriss in der Dunkelheit aus, der mit ungeheurem Tempo heranrauschte. »Was ist das?!«

»Keine Ahnung«, stammelte Pina. »Ein Segelschiff? Wer ist das? Will es das Schlauchboot rammen?!«

Mit offenen Mündern beobachteten sie, wie das Segelschiff haarscharf an dem flachen Schlauchboot vorbeischoss. Dann hörten sie Fluchen und einen Aufschrei.

»Das war Charly!«, flüsterte Flo.

Das große Segelschiff machte eine scharfe Wende, dann drosselte es das Tempo. Die Segel wurden eingeholt, und langsam glitt es an das Schlauchboot heran, sodass es nun

genau zwischen Flos und Pinas Ruderboot und dem kleinen Schlauchboot mit Charly und den Entführern lag.
»Bitte jetzt keine Polizei oder so etwas«, wisperte Flo. »Dann machen die sich doch sofort aus dem Staub!«
»Ich habe, was ihr wollt!«, brüllte da eine ihnen wohlbekannte Stimme vom Segelschiff herunter.
»Ich fasse es nicht!«, stöhnte Flo.
»Sooooo überraschend finde ich es nun auch nicht ...«, entgegnete Pina.
Im selben Moment flammte eine Lampe auf, und sie sahen Blanca am Bug des Segelschiffs stehen. Ihre roten Haare flatterten im Wind, und in ihrer ausgestreckten Hand hielt sie das berühmte Agreement von Henry Morgan, das immer noch in dem Plastikbeutel steckte. »Dieses Stück Pergament ist der Schlüssel zu Gold und Reichtum!«, rief Blanca.
»Was hat sie vor?!«, zischte Flo.
Pina legte den Kopf schief. »Ich glaube, sie will deine kleine Schwester retten.«
»Aber sie bringt unseren ganzen Plan durcheinander! Woher weiß sie überhaupt, dass wir hier sind?«
»Vielleicht hat sie dein Handy geknackt? Mit ihrem geheimen Zweittelefon?«
»Das war so nicht abgemacht«, krächzte da die heisere Frauenstimme, die sie vom Telefon kannten. »Ihr hattet klare Anweisungen. Wo ist das Ruderboot, das wir euch bereitgestellt hatten? Wo sind die anderen Mädchen?«
»Planänderung«, sagte Blanca. »Also, wenn ihr den Schatz wollt – dann lasst die Kleine jetzt frei.«
»Wir wollen erst sehen, was das für eine Rolle ist.«

»Wir müssen näher ran!«, wisperte Flo, senkte lautlos die Ruder und zog sie vorsichtig durchs Wasser.
Währenddessen schwenkte Blanca oben auf dem Segelboot die Tüte mit der Rolle über dem Kopf und rief hochmütig: »Erst das Mädchen, dann das Papier!«
»Nein«, widersprach die Krächzestimme.
Im Licht von Blancas Lampe konnten sie nun erkennen, dass die Entführer tatsächlich in einem Rennschlauchboot mit Motor saßen. Schemenhaft erkannte Flo die Silhouette einer dürren Frau. Am anderen Ende, dort wo sich der Motor befand, hob sich der Schatten eines dicken Mannes ab – und dann noch ein kleiner, ganz zarter: Charly.
Flo schluckte. »Wenn die sauer werden und der Dicke Gas gibt, holen wir die nie ein.«
»Okay«, brüllte Blanca da. »Machen wir es Zug um Zug: Die Rolle bleibt hier, und ich komme zu euch rübergeklettert. Ihr nehmt mich als Geisel, lasst die Kleine frei und auf mein Schiff klettern. Wenn sie drüben in Sicherheit ist, wirft sie euch die Rolle zu, und sobald ihr die Rolle habt, lasst ihr mich gehen.«
»Ist sie doof?!«, zischelte Flo. »Was, wenn die sie nicht wieder laufen lassen?«
»Wahrscheinlich will sie sich dann über Bord stürzen«, flüsterte Pina. »Schließlich ist sie eine Spitzentaucherin.«
»Einverstanden!«, krächzte da die dürre Entführerin.
»Das ist doch Wahnsinn!«, zischte Flo.
Unterdessen legte Blanca schon mit großer Geste die Pergamentrolle auf dem Boden des Segelschiffs ab, schnappte sich ein Tau und schwang sich mit der Lampe in der Hand

hinüber in das Schlauchboot. Dann zog sie das Schlauchboot ganz nah an das Segelschiff heran – und Flo und Pina konnten nun überhaupt nichts mehr sehen, weil ihnen der große Bug die Sicht versperrte!
»Mist«, zischte Flo. Leise ruderte sie noch näher heran und spähte vorsichtig an dem Rumpf des Segelschiffs vorbei.
»Da ist Charly!«, hauchte sie. Im Schein von Blancas Lampe erkannte sie nun ganz genau ihre kleine Schwester, die hinter dem dicken Entführer im Schlauchboot kauerte. Leider konnte sie von den Gesichtern der Entführer nicht viel erkennen. Sie trugen dunkle Sturmhauben über ihren Köpfen, die nur kleine Spalte für Augen und Mund frei ließen.
»Komm!«, befahl Blanca und streckte den Arm nach Charly aus. Ängstlich tappte Charly zwei Schritte vor und griff ihre Hand.
Blanca zog sie an sich und strich ihr über das Haar. Dann drückte sie ihr das Tau in die Hand und sagte: »Jetzt klettere rüber auf mein Segelschiff!«
Charly hangelte sich an dem Tau hinauf, bis ihre Hände die Reling erreichten, dann robbte sie in das Schiff hinein.
»Alles klar?«, rief Blanca.
Charly tauchte hinter der Bootsumrandung auf. »Ja.«
»Gut, dann wirf uns jetzt die Rolle rüber!«
Charly bückte sich und warf die Tüte mit dem Pergament. Die Entführerin fing sie auf, riss das Pergament heraus und rollte es gierig auseinander.
Nun meldete sich der Dicke erstmals zu Wort. »Wo ist der Rest?«

»Es gibt keinen Rest – das ist der Schatz.« Blanca sah ihn ungläubig an. »Erkennst du nicht, was es ist?«
»Verdammtes Gekritzel, mehr nicht!«
»Das sind die Articles …«
»Schnauze. Dann holen wir uns unseren Anteil eben anders. Mal sehen, was deine Mutter für dich zahlt!«
Er bückte sich und ließ den Motor aufheulen.
»Halt!«, schrie Flo da und ruderte los.
Irritiert drehten die Entführer die Köpfe. Flo knipste ihre Taschenlampe an und stemmte die Truhe hoch. »Hier ist der Schatz. Wir haben ihn gefunden!«
»Spinnt ihr?«, schrie Blanca. »Was soll das?«
»Flo!«, rief Charly.
»Bleib, wo du bist!«, rief Flo da und bedeutete ihrer kleinen Schwester, sich zu ducken.
Gleichzeitig packte die Entführerin Blanca und drehte ihr grob den Arm auf den Rücken. »Du widerliche Süßwasserkrabbe – hast du gedacht, du kannst uns vorführen?!«
»Lasst sie los«, brüllte Flo. »Oder …«
»… wir versenken den Schatz, gleich hier!«, schrie Pina.
Da zog der dicke Entführer eine Waffe aus der Tasche und richtete sie auf Blanca. »Das solltet ihr schön bleiben lassen. Ihr rudert jetzt brav zu uns rüber und gebt uns die Truhe – sonst …« Er machte eine ruckartige Bewegung mit der Waffe.
»Okay, okay!«, rief Flo, und stellte die Schatzkiste langsam auf den Boden des Bootes und wisperte: »Sie kämpfen mit ihren Waffen. Also müssen wir mit unseren kämpfen. Verstanden?« Pina nickte. Flo richtete sich auf und rief wie-

der laut: »Sie kriegen die Truhe, aber dafür kommt Blanca frei.«
»Ihr seid nicht in der Situation, um zu verhandeln«, krächzte die Entführerin.
»Toll, Blanca!«, brüllte Flo. »Warum musst du immer machen, was du willst! Genau wie in der Höhle, im zweiten Tunnel ...«
»Schnauze!«, fauchte der dicke Entführer. »Meint ihr, wir sind blöd und wissen nicht, dass ihr versteckte Botschaften austauschen wollt?!« Er fuchtelte mit der Waffe vor Blancas Gesicht herum. »Was war da im zweiten Tunnel los?«
»Ich ... Ich habe mich vorgedrängelt«, stotterte Blanca.
Unterdessen hatte Pina mit dem Fuß ihren Bogen und den Köcher herangezogen. Flo ruderte mit kräftigen Schlägen auf das Schlauchboot zu. Dann beugte sie sich zu der Truhe.
»Bist du bereit?«, raunte sie Pina zu.
»Bereit.«
Flo stemmte die schwere Truhe hoch und hielt sie über den Rand des Bootes.
»Hey, Vorsicht!«, rief die Entführerin.
Der dicke Entführer schmiss die Pergamentrolle neben dem Motor auf den Boden und griff nach der Truhe – doch Flo ließ nicht los. »Und jetzt kommt Blanca zu uns rüber.«
»So leicht geht das nicht«, krächzte die Entführerin und drückte Blanca auf den Boden. Dann ließ sie mit voller Lautstärke den Motor aufröhren. Ohne dass Flo etwas dagegen tun konnte, riss ihr der Entführer die Truhe aus den Händen – und das Schlauchboot raste mit vollem Tempo los.
Hastig löschte Flo die Taschenlampe. Pina spannte ihren

Bogen und schoss. Es war nur ein leises *Puff*, aber der Pfeil hatte die Haut des Schlauchbootes getroffen und durchbohrt. Sie hörten einen wütenden Aufschrei und dann ein Platschen. Blanca hatte Flos Botschaft verstanden: Sie war genau wie im zweiten Tunnel einfach gesprungen.
Aus der Ferne hörte sie, wie die Entführer versuchten, die Truhe zu retten, und gegen das Wasser kämpften, das in ihr kaputtes Schlauchboot eindrang.
»Die sind beschäftigt«, pustete Flo erleichtert aus und ruderte eilig zum Segelschiff. Sie griff das Tau, kletterte hinauf und rutschte über die Reling. Sie war noch nicht ganz auf der anderen Seite gelandet, da stürzte Charly schon auf sie zu und fiel ihr um den Hals. »Flo!«
Flo schlang die Arme um ihre kleine Schwester und drückte sie an sich. Sie schloss die Augen und spürte Charlys Herz wild klopfen. Oder war es ihr eigenes? Sie wusste es nicht. Sie hielt Charly einfach nur ganz, ganz fest. Sie bekam nicht mit, wie Pina ins Boot kletterte und kurz darauf die pitschenasse Blanca über die Reling sprang. Sie hörte auch nicht Blancas Jubelschrei, als sie die Tüte mit der Pergamentrolle der Articles of Agreement triumphierend in den Himmel reckte. Erst als der Befehl »Segel setzen!« über das Schiff donnerte, kam Flo wieder zu sich. Sie ließ ihre kleine Schwester los, um den anderen zu helfen, das Segelschiff startklar zu machen. Wenige Sekunden später blähte sich das Segel im Wind, und das Schiff rauschte durch die schwarzen Wellen Richtung Ufer.
Blanca stand stolz am Steuerrad. Flo und Pina hatten Charly in ihre Mitte genommen, der Wind fuhr ihnen durch die

Haare, und sie schmeckten die salzige Gischt, die ihnen ins Gesicht wehte.
»Wartet mal«, sagte Flo und löste ihren Arm von Charlys Schultern. Sie wankte über die Planken auf Blanca zu.
»Hey, Piratenbraut!«
Blanca drehte sich um.
»Woher wusstest du, wo wir waren?«
»Ich bin nicht vom Pferd gefallen. Ich habe mich von Junos Rücken gestürzt und in einem Gebüsch versteckt. Die Entführer dachten, wir seien alle drei entkommen und so konnte ich ihr Gespräch belauschen. Ich hatte gehofft, dass sie Charlys Versteck ausplappern würden. Das haben sie leider nicht. Aber die Dürre hat dem Dicken die Koordinaten diktiert, wo die Übergabe stattfinden sollte. Tja, und dann habe ich ganz nach Piratenart mal eben dieses Schiffchen gekapert. Ich wusste ja nicht, ob ihr es rechtzeitig schafft ...«
Flo nickte und sah Blanca fest in die Augen. Dann streckte sie ihr die Hand entgegen. »Danke. Piratenbraut.«
»Es war mir eine Ehre, Rittertochter.« Blanca nahm ihre Hand und hielt sie fest. Da kam Pina und legte ihre Rechte obendrauf. »Man kann einen Kiesel nicht mit einem Finger heben.«
»Ja«, sagte Flo. »Und manchmal sind drei besser als zwei.«
Charly drängelte sich dazwischen und patschte ihre Hand dazu. »Genau! Und danke-Pommes-Schranke!«
Flo verdrehte die Augen. »Geht das schon wieder los!«
Pina und Blanca prusteten los, und dann mussten sie alle so sehr lachen, dass sie sich überhaupt nicht mehr einkriegen konnten.

Kapitel Sechsundzwanzig

Weit nach Mitternacht erreichte der kleine, hellblaue Transporter das Matilda. Still und dunkel ragten die Häuser des Internats in den Nachthimmel. Das alte, große Eingangstor war geschlossen.

Leise öffnete Pina die Schiebetür des Dreirads. Nacheinander stiegen sie aus dem Laderaum, bis nur noch Flo im Auto war. Sie beugte sich in die Fahrerkabine und legte Luca und Federico die Hände auf die Schultern. »Danke. Danke für alles, was ihr für uns getan habt.«

»Gern«, sagte Federico.

Luca legte den Kopf schief und zwinkerte. »Jetzt schuldest du mir schon zwei Gefallen.«

»Mindestens«, sagte Flo und sprang aus dem Wagen.

»Ruf mich an!«, rief Luca. »Du weißt schon, warum.«

Flo nickte, zwinkerte zurück, und rannte den anderen nach.

Als sie nebeneinander vor dem Tor standen, klopfte Pina kräftig gegen das Holz. Eine müde Stimme meldete sich, doch kaum hatten sie ihre Namen gerufen, wurde es unruhig hinter den Mauern. Lichter flammten auf, Rufe schallten über den Hof, und als sich die schweren Flügel des Tores öffneten, strömten aus dem Torhaus und allen Außengebäuden die Menschen herbei. Die Nachricht ihrer Ankunft schien sich in Nullkommanix im Internat verbreitet zu haben. Flos Eltern, die im Gästehaus auf dem Außenring untergebracht worden waren, eilten herbei und schlossen ihre Töchter in die Arme. Und weil jeder zwei Arme hatte, wurden Pina und Blanca gleich dazugenommen. Ein Wust von Fragen prasselte auf sie ein. Jeder wollte wissen, was geschehen war und ob es ihnen gut ging. Doch für Antworten blieb Flo, Pina und Blanca keine Zeit. Kaum hatte sich das erste Hallo gelegt, baute sich Dr. Polung mit wichtiger Miene vor ihnen auf und verkündete, dass sie unverzüglich das Büro von Direktorin Petronova aufsuchen sollten.

Direktorin Petronova saß mit strenger Miene und fest nach hinten gebundenen Haaren hinter ihrem Schreibtisch und betrachtete sie. Schließlich hob sie eine Augenbraue und holte tief Luft. »Es ist spät. Darum werdet ihr mir morgen einen ausführlichen Rapport liefern, was wirklich geschehen ist. Ihr habt euch erfolgreich geschlagen. Ich bin stolz auf eure Haltung und Leistung. Aber: Ihr habt mir die Wahrheit verschwiegen, ihr habt mich mit einem gefälschten Brief aus dem Internat gelockt, ihr habt unerlaubt das Gelände verlassen, und ihr habt meine Anweisungen ignoriert. Das wird selbstverständlich Konsequenzen haben. Eine angemessene Bestrafung werde ich mir nach eurem Bericht überlegen.« Sie sah jeder noch einmal in die Augen und verkündete mit strenger Stimme: »Ihr dürft Florences El-

tern nun noch eine gute Nacht wünschen, und dann ab ins Bett.«
Flo, Pina und Blanca nickten stumm und verließen das Büro.

»Und jetzt?«, fragte Blanca, als sie draußen auf dem Kreuzgang waren.
»Jetzt denken wir darüber nach, wo wir einen Ausschlupf finden, um heimlich aus dem Internat zu kommen«, sagte Flo.
Blanca schaute sie mit großen Augen an. »Wir sind doch gerade erst reingekommen!«
»Wir wollen ja auch nicht sofort ausbüxen«, beruhigte Pina. »Morgen oder so. Flo muss eine Wette gewinnen. Pferd gegen Mountainbike.«
»Wenn ich mich nicht innerhalb der nächsten drei Tage zum Start melde, habe ich automatisch verloren«, erklärte Flo. »Dann bin ich blamiert bis auf die Knochen!«
»Verstehe.« Grübelnd zog Blanca die Stirn in Falten.
»Aber wenn du die Küche vermisst und lieber erst mal eine Runde Cupcakes backen willst, ist das natürlich auch in Ordnung ...«, fügte Flo mit einem Grinsen an.
»Küche ist gut!«, sagte Blanca und nickte sehr ernsthaft. »Da gibt es einen winzigen Durchbruch zur Wäschekammer, und die erreicht man über den Wäscheschacht – von dem eine Abzweigung im Osttrakt endet.«
»Woher weißt du das?«, fragte Flo baff.
Blanca zog lässig eine Augenbraue hoch. »Das hab ich beim Teigrühren entdeckt.«
»Auf jeden Fall ist das eine Spitzenidee«, rief Pina und hakte

Flo und Blanca rechts und links unter. »Das schaffen wir doch locker!«
Flo stupste ihren Freundinnen mit dem Ellenbogen in die Seite. »Wenn nicht wir, wer dann?«

»Oh-oh«, seufzte Madame Maseleige, als sie Pina, Flo und Blanca aus ihrem Bürofenster nachsah. »Jetzt haben wir drei von dieser Sorte! Das hatten Sie sich doch auch anders vorgestellt, oder, Direktorin Petronova?«
Petronova schob die Gardine beiseite und lächelte. »Ich habe mir das genau so vorgestellt. *Mit dem Herzen in der Hand, mit Verstand durch jede Wand* – schon vergessen, Madame?«
»Aber ... aber ...«, stotterte die Hausmutter. »Sie wollten die drei doch streng bestrafen?«
»Natürlich«, antwortete die Direktorin. »Denn nur unter großem Druck entsteht aus Kohle Diamant.« Sie drehte sie herum. »Was glauben Sie, wer die letzte Schülerin war, die wegen Ungehorsam im Raum der Besinnung gesessen hat?«
Madame klappte das Doppelkinn herunter. »Aber das waren doch nicht etwa ... Sie ...?«
»Gute Nacht«, sagte die Direktorin. »Schlafen Sie gut. Wir werden uns bei den dreien noch auf einiges gefasst machen müssen.«
Und das war so sicher wie die Zinne auf der Burgmauer, der Pfeil im Köcher oder der Totenkopf auf der Piratenflagge.

Die wahre Geschichte des Matilda Imperatrix

Es war im Jahre 1112 – als der englische König, Heinrich der Erste, vor einem Riesen-Problem stand: Er hatte keinen Sohn als Thronfolger. In seiner Not beschloss er, Tochter Matilda zur allerersten Königin von England zu machen. Die Männer am Hof tobten – ein Mädchen sollte über sie bestimmen?! Da wurde Heinrich klar: Wenn Matilda sich durchsetzen wollte, dann musste sie klüger, raffinierte, gebildeter und gerissener sein als alle Kerle am Hof zusammen. Dafür brauchte sie eine besondere Ausbildung, eine besondere Schule! Und so gründete König Heinrich das Matilda-Imperatrix. *Imperatrix* bedeutet Kaiserin – und genau das sollte seine Tochter eines Tages werden. Noch heute existiert dieses geheime Internat, tief versteckt in den Bergen. Die Liste der herausragenden Schülerinnen ist lang. Unter ihnen finden sich Königinnen, Forscherinnen, Künstlerinnen, Pionierinnen und Wissenschaftlerinnen ... Doch niemals wird man die Schule im Lebenslauf dieser Berühmtheiten finden. Denn wer im Matilda-Imperatrix aufgenommen werden will, muss schwören, die Existenz dieser einzigartigen Schule niemals zu verraten. Und so ziehen jedes Jahr aufs Neue Talent-Scouts über alle Kontinente, um besondere Mädchen mit außergewöhnlichen Fähigkeiten zu finden, die unsere Welt zu einer besseren machen wollen.

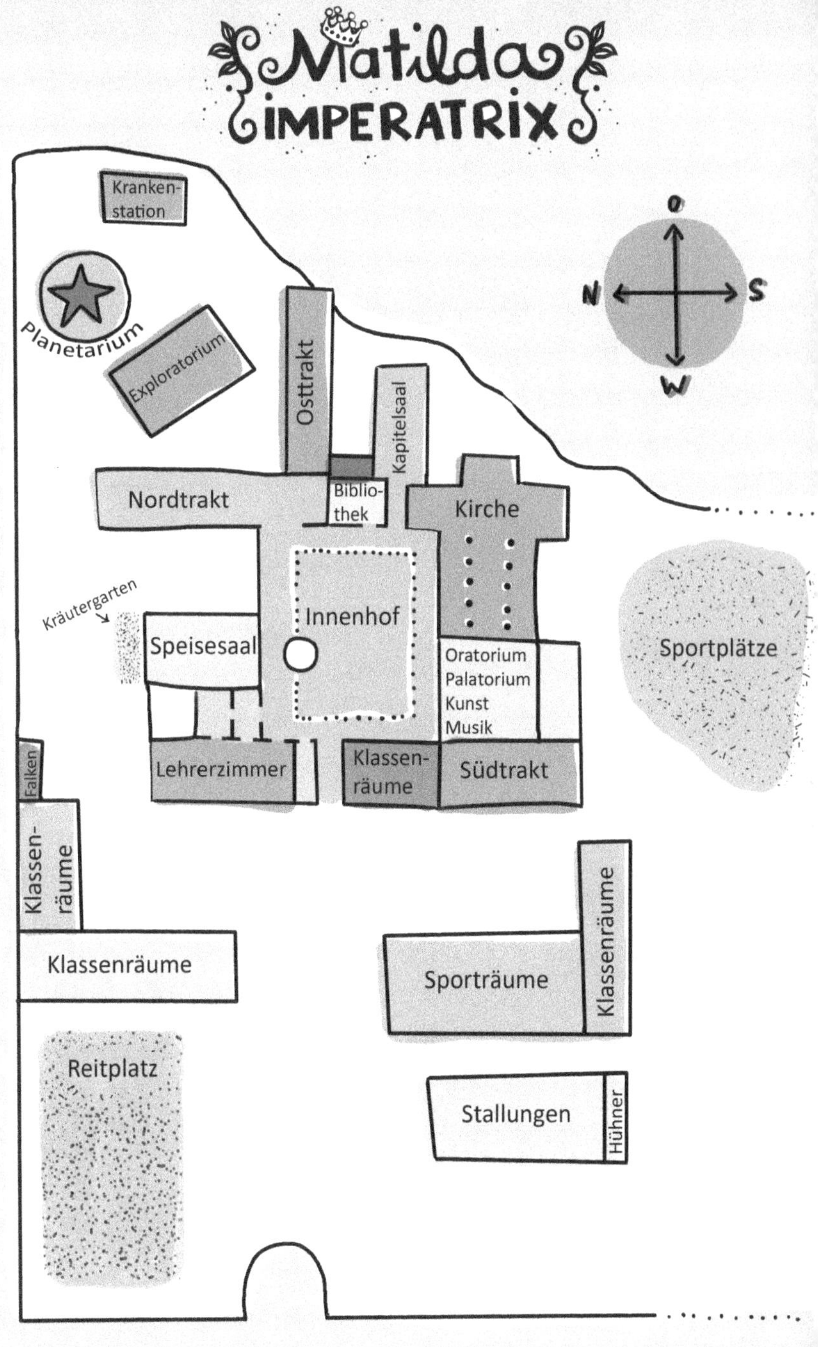
Matilda
IMPERATRIX
Krankenstation
Planetarium
Exploratorium
Osttrakt
Kapitelsaal
O
N
S
W
Nordtrakt
Bibliothek
Kirche
Kräutergarten
Innenhof
Speisesaal
Oratorium
Palatorium
Kunst
Musik
Sportplätze
Falken
Lehrerzimmer
Klassenräume
Südtrakt
Klassenräume
Klassenräume
Sporträume
Klassenräume
Reitplatz
Stallungen
Hühner

Danksagung

Ein Buch schreibt man nicht allein. Ich hatte wunderbare Helfer – und bei denen möchte ich mich bedanken:
Herr Dr. Gangolf Schrimpf von Merck und Herr Dr. Klaus Jürgen Wannowius, ehemaliger Leiter des Juniorlabors der Merck-TU Darmstadt, haben mir geholfen, die richtige Geheimtinte für das Rätsel im Raum der Besinnung zu finden. (Außerdem habe ich viele andere, spannende Dinge über Geheimtinten erfahren.)
Ich hatte auch wieder sehr wache Testleserinnen, die meine Geschichte mit strengem Blick untersucht haben: Meinen großen Dank an Florentine, Carla und die Giovanni-Artistinnen Mara, Anouk, Beyza, Charlotte und Matilda.
Ganz besonders danken möchte ich meiner Tochter Greta, die sich meine Ideen als Erste anhören muss, und mit sicherem Instinkt den Finger in jede Wunde legt und mich schonungslos verbessert. Was würde ich ohne dich tun?
Außerdem danke ich meiner Lektorin Christiane Laura Schultz (die zu meinem Glück auch noch übers Segeln Bescheid weiß) und Carina Mathern für ihre Unterstützung, Ideen und Kritik.